De vioolbouwer van Auschwitz

Maria Àngels Anglada

# De vioolbouwer
# van Auschwitz

Vertaald uit het Catalaans door Adri Boon

DE GEUS

Tweede druk, 2011

De vertaling van dit werk is mede tot stand gekomen dankzij een bijdrage
van het Institut Ramon Llull Barcelona

**LLLL** institut
ramon llull
Catalan Language and Culture

Oorspronkelijke titel *El violí d'Auschwitz*, uitgegeven door
Columna Edicions, S.A., 2004
Oorspronkelijke tekst © erven Maria Àngels Anglada
Nederlandse vertaling © Adri Boon en De Geus bv, Breda 2010
Omslagontwerp Mijke Wondergem
Omslagillustratie © Valentino Sani/Trevillion Images
ISBN 978 90 445 1438 4
NUR 302

*Aan alle slachtoffers*
*In memoriam*

De schrijfster is veel dank verschuldigd aan
de luthier Ramon Pinto i Comas

De documenten die aan de hoofdstukken voorafgaan zijn authentiek en zijn ontleend aan het boek van Reimund Schnabel: *Macht ohne Moral – Eine Dokumentation über die ss,* Röderberg-Verlag, Frankfurt am Main, 1957.

I

# Bewaker van getto 6

Betreft: gebruik van vuurwapens

*Op 1 december stond ik tussen 14:00 en 16:00 uur op wacht op post No 4 in de Holsteinerstrasse. Om 15:00 uur zag ik hoe een jodin tegen het hek om het getto op klom en haar hoofd door het hek heen stak in een poging knollen te stelen van een passerende kar. Ik maakte gebruik van mijn vuurwapen. De jodin werd met twee schoten gedood.*
*Type vuurwapen: karabijn 98.*
*Gebruikte munitie: twee patronen.*

Getekend:
*Wachtmeister* Naumann, Litzmannstadt (Lodz),
1 december 1941

Het kost me altijd moeite in slaap te komen als we een concert hebben gegeven. Ik hoor alles steeds weer opnieuw alsof in mijn hoofd een cassettebandje blijft draaien. Bovendien was dit een bijzonder concert omdat het gegeven werd op de sterfdag van Mozart, precies tweehonderd jaar geleden. Het vond plaats in Krakau, stad van zoveel goede musici, in een tot auditorium omgebouwde zaal van het prachtige Venetiaanse Huis. Het was erg koud buiten, en dat had ons ervan weerhouden de stad te gaan bekijken. Pas tegen de middag, toen de mist door de zon verdreven was, maakte ik voordat ik naar het hotel terugging een ommetje over de Rynek Glowny.

Hoewel het concert in het teken van Mozart stond, vertolkte Virgili Stancu, de pianist van ons trio, met al zijn fijnzinnigheid de preludes van Chopin. Op speciaal verzoek van de Poolse organisators. Na de pauze speelden we de sonate in B groot die Mozart schreef voor Regina Strinassacchi, een door hem zeer bewonderde violiste. Daarna bleven we luisteren naar het orkest, dat een voortreffelijke uitvoering ten gehore bracht van de *Sinfonia Concertante* KV 364. Het rijke klankpalet kwam goed tot zijn recht, met achter de lichtvoetige en intelligente frasering hoorbaar heel de dramatische lading.

Ik werd vooral getroffen door de vioolsolo, die spatzuiver en, zo kwam het althans op mij over, met ware ingehouden passie werd gespeeld door de concertmeester, een al wat oudere dame.

Ze had een droevige blik wanneer ze niet speelde.

Het was diep in de nacht. Ik miste Electra en leek nog die viool te horen, waarvan de klank weliswaar niet erg krachtig was maar wel vol en warm. Uiteraard geen instrument dat gebouwd was door een van de grote meesters uit Cremona. Misschien door iemand van de oude Poolse school. Zou een Mateusz Dobrucki uit Krakau alle verwoestingen uit het recente verleden overleefd kunnen hebben? Maar toen ik er goed over nadacht, vond ik de tint toch te donker, te roodachtig, niet zo doorschijnend. Het zou ook goed kunnen dat de viool van Duitse of Tiroler makelij was, vervaardigd door een of andere Klotz, een familie die al generaties lang violen maakt.

'Nee, het is geen Klotz.'

Ze zei het met een glimlach, maar het was geen vrolijke glimlach. Het was de dag na het concert. 's Nachts had ik besloten de violiste naar de herkomst van haar instrument te vragen. Vervolgens had ik nog een tijdje liggen lezen in een van die heerlijke detectives van Eric Ambler, die er altijd voor zorgen dat ik wegglijd in een diepe, vredige slaap.

We waren op de muziekacademie – zo wordt daar het conservatorium genoemd. In de ruime hal had ik vol bewondering staan kijken naar de olieverfportretten van al die geweldige Poolse musici, van de oudste tot mijn collega Wieniawski. Daarna begaf ik me naar een nogal klein lokaal om wat tegenwoordig een 'masterclass' heet te geven.

Na afloop drukte de concertmeester me haar viool in handen. Ik speelde wat: de snaren deden precies wat ik wilde, als soepele klei in de handen van een beeldhouwer. Een klein wonder.

'Ik neem aan dat je hem niet kwijt wilt.'

'Voor geen goud!' antwoordde ze. 'Al zou ik omkomen van de honger. Het is het enige wat over is van mijn familie. Deze viool', ging ze verder, 'is gebouwd door mijn oom, naar voorbeeld van een Stradivarius. Ik zou hem voor geen ander willen ruilen!'

'Aha. Ik begrijp dat je eraan gehecht bent.'

'Nee, je kunt het niet begrijpen. Daarvoor zou je het hele verhaal moeten horen.'

Een floers van droefheid trok over haar heldere ogen en accentueerde de rimpels in haar mooie gezicht. Ze streek, onnodig, met een hand door haar grijsblonde lokken. Haar adem ging sneller, zwoegend bijna.

We moesten ons gesprek onderbreken, want ik had beloofd de uitvoering van het stuk bij te wonen dat de oudere leerlingen in de concertzaal voor ons gingen spelen: *Intermezzo* voor strijkers van Penderecki, de man die lange tijd directeur van de school was geweest. Na afloop was er een feestje, dat mijn collega nogal leek te vermoeien.

'Heb je er ook genoeg van?'

Ze vroeg het al vrij snel. Ik had best nog even willen blijven maar mijn nieuwsgierigheid was gewekt.

'Ik vind het niet erg om weg te gaan. Ik heb mijn plicht gedaan. Als je wilt, breng ik je naar huis.'

Ze woonde niet ver en we trotseerden te voet de kou en de mist, die opnieuw was komen opzetten. Ze nodigde me uit nog even mee naar boven te gaan voor een kop thee. Het was een kleine, eenvoudige woning: het bestaan in Polen was moeilijk. Ik kwam niet meer terug op haar viool uit vrees nare herinneringen wakker te maken. Ze had het kort over haar zoon en liet me een foto van hem zien; ze vertelde dat hij in Israël woonde. Maar zij wilde niet verhuizen.

'Wat moet ik daar? Hij is diamantklover, hij heeft een goede baan. Maar tegenwoordig zijn er zoveel musici in Israël, vooral uit Rusland, dat je wel honderd orkesten zou

kunnen vormen. Hij komt met Nieuwjaar om Rosj Ha-
sjana te vieren.'

Al gauw kwam het gesprek op muziek, we luisterden naar
de opname van de *Sinfonia Concertante* en spraken over
interpretatieproblemen. Het draaide erop uit – zo gaat het
vaak bij mij – dat we aan het musiceren sloegen, want zij
bleek ook goed piano te kunnen spelen en de helft van de
eetkamer annex woon- en muziekkamer, om zo te zeggen,
werd in beslag genomen door een vleugel. Dat bracht ons
dichter tot elkaar dan urenlang praten had kunnen doen,
en ik kreeg het gevoel al heel lang met haar bevriend te zijn.
Even – misschien ben ik ijdel – meende ik in haar ogen,
op haar wangen, een gloed van verlangen te zien, maar wie
weet kwam het alleen door de muziek. Lieve hemel, dacht
ik, zij zou mijn moeder kunnen zijn!

We speelden de sonate uit alsof we al vaker samen gemu-
siceerd hadden. Ze leek wel een ander persoon, ze straalde,
helemaal toen ze de telefoon neerlegde, die overging op het
moment dat ze voldaan mijn handen drukte nadat ze de
klep van de vleugel had dichtgedaan. Ze hoefde natuurlijk
helemaal geen verklaring te geven, maar ze zei dat het haar
vriend was. 'Hij is geen musicus', voegde ze eraan toe. 'Hij
is bedrijfstechnicus en werkt in Nova Huta. We kunnen
niet zo vaak samen uit.'

Het begon al laat te worden en ik moest terug naar het
hotel. Gerda en Virgili Stancu zaten op me te wachten. We
namen dus met enige tegenzin afscheid van elkaar en spraken af de volgende dag in ons hotel met zijn vieren te gaan
eten. Ik wilde Regina niet op kosten jagen, want hoewel
ze een uitstekende beroepsvioliste was, wist ik dat het niet
eenvoudig was je brood ermee te verdienen. Ik wilde haar
er nog niets over zeggen voor ik het besproken had met de

andere leden van ons trio, maar ik dacht dat het een goed idee was haar uit te nodigen om in Nederland samen een concert te geven. Ik was ervan overtuigd dat de anderen geen bezwaar zouden hebben, want ze waren enthousiast over haar spel – dat hadden ze mij verteld.

De volgende dag wilde ik haar na het dinertje naar huis brengen, maar zij zei dat het niet hoefde, dat het te laat voor mij zou worden. Ik was dus zo vrij een taxi te laten komen en gaf de chauffeur een fiks bedrag voor de rit. We namen afscheid met een stevige omhelzing; ik voelde haar zachte lichaam en bedacht met spijt dat ze vroeger een aantrekkelijke vrouw moest zijn geweest.

Onder het eten had ze meer gepraat met Gerda, de celliste, dan met mij. Ze verdwenen zelfs even met z'n tweeën naar de kamer van mijn collega's. Toen ze terugkwamen, zag ik dat Regina andere kleren aan had: ze droeg een van Gerda's concertjurken, donkerblauw, afgewerkt met kant, die haar erg goed stond. Maar ze moesten nog meer hebben uitgewisseld, geheimen, stelde ik mij zo voor.

En daarin had ik me niet vergist.

'Regina is erg blij met jouw aanwijzingen', zei Gerda. 'En ook met de gastles aan de ouderejaars. Je hebt grote indruk op haar gemaakt.'

'Eerlijk gezegd denk ik dat ze die niet echt nodig hadden. Je hebt gehoord hoe ze speelden.'

'Maar jij hebt hen laten kennismaken met een nieuwe interpretatie, jouw benadering is anders, omdat je uit een andere school komt, en dat vond zij erg interessant, vooral het deel met de cadens.'

Ze zweeg even en vroeg toen: 'Heeft ze je niets verteld over haar leven?'

'Nee, en ik heb er ook niet naar gevraagd. Ik wilde niet

indiscreet zijn. Bovendien had ik de indruk dat ze er alleen maar droevig van werd. Toen ze vertelde dat haar viool was gebouwd door haar oom, hoorde ik haar zachtjes zeggen: "Hij ruste in vrede".'

'Ja,' bevestigde Gerda, 'dat kan ook niet anders. Bijna haar hele familie is omgekomen tijdens de holocaust. Haar moeder en haar oma zijn gestorven in het getto van Krakau; haar vader in Auschwitz, samen met zijn oudste broer.' Zij moet toen nog erg klein zijn geweest, dacht ik. Hoe kon het dat zij het wel had overleefd? Ook kreeg ik het idee dat muziek, bij zo veel ellende, een grote steun voor haar moest zijn geweest.

'Ze gaf me dit stapeltje kopieën voor jou. Er zitten een heleboel documenten bij uit die tijd. Ze zei dat je erg geïnteresseerd was in haar viool en hierin wordt de geschiedenis van het instrument uit de doeken gedaan.'

'Heb jij ze gelezen?'

'Ze hebben me vannacht lange tijd uit mijn slaap gehouden. Maar nu zijn ze van jou, ze gaf ze me voor jou.'

Ik was tevreden, het was een bewijs van vriendschap. Daarbij hadden we haar weten over te halen ja te zeggen tegen ons voorstel om, wanneer alles geregeld was, samen een paar concerten te geven. Dat was vooral te danken aan Gerda, die altijd haar zin krijgt als ze zich iets in het hoofd heeft gezet, en we spraken af dat ze tijdens een van die recitals de vioolpartij van Beethovens *Aartshertogtrio* voor haar rekening zou nemen; met alle plezier stond ik mijn plaats aan haar af. De overige details van de tournee lieten we over aan Gerda's broer, onze impresario. Regina was Polen praktisch nog nooit uit geweest en een verblijf in het buitenland zou haar goed doen. 'Drie weken', zei ze, 'geen dag langer: er zijn mensen die nu al azen op mijn baan.'

Onze tournee zat er bijna op; na een laatste concert in Warschau zouden onze wegen zich scheiden; Gerda en Virgili zouden teruggaan naar Amsterdam, ik naar mijn studio in Parijs, waar ik een cd zou opnemen. Op het vliegveld van Warschau hadden we twee uur vertraging vanwege de mist. Die tijd gebruikte ik om de aantekeningen van Regina te lezen, die ze had vertaald in een rudimentair Engels. Na een paar blaadjes dacht ik: dit moet je aan Àngels geven, het zal haar interesseren, maar al gauw vergat ik alles, verdiept als ik was in de notities van de violiste. Een naam die herhaaldelijk terugkeerde was mij niet onbekend. Mijn collega's kwamen me waarschuwen toen onze vlucht werd omgeroepen. Ik had niets gehoord, zo gegrepen was ik door het verhaal over de viool van mijn vriendin, een verhaal dat ik nooit meer zal kunnen vergeten.

# II

E VENGO IN PARTE OVE NON È CHE LUCA

Dante, *Goddelijke komedie*, Hel IV, 151

# Normering voor straffen en zweepslagen – 1942

Arrest:

*Eerste klasse (normaal):*
*Tot drie dagen. Cel met licht. Houten brits. Voedsel: water en brood. Om de vier dagen complete maaltijd.*
*Tweede klasse (verzwaard):*
*Tot 42 dagen. Donkere cel. Houten brits. Voeding: als bij eerste klasse.*
*Derde klasse (streng):*
*Tot drie dagen. Geen mogelijkheid om te zitten of te liggen. Donkere cel. Voeding: als bij andere klassen.*

Lijfstraf:

*Aantal zweepslagen: 5, 10, 15, 20, 25*
*Instructie: Voorafgaand medisch onderzoek.*
*De zweepslagen moeten achter elkaar worden gegeven met een zweep van leer en elke zweepslag moet worden geteld. Het is verboden bepaalde lichaamsdelen te ontbloten of te ontkleden. De persoon wordt niet vastgebonden maar moet over een bok gaan liggen. De zweepslagen mogen uitsluitend op dijen en billen worden gegeven.*

Zegel:

SS-WIRTSCHAFTS UND VERWALTUNGSHAUPTAMT (WVHA)

# Rentabiliteitsberekening van de ss
## m.b.t. de gevangenen in werkkampen

*Dagelijks verhuurloon: 6* RM
*Aftrek voor voedsel: 0,60* RM
*Aftrek afschrijving kleding: 0,10* RM
*Gemiddelde levensduur gevangene: 9 maanden = 270 dagen*
*270 x 5,30* RM = *1.431* RM

Toen Daniel de cel verliet – of liever gezegd toen ze hem eruit haalden – nog meer verzwakt dan hij al was, hoewel hij maar vier dagen opgesloten had gezeten, kwam hij in de verleiding het instinct te vervloeken dat ertoe had geleid dat hij nog steeds in leven – en in de hel – was. Hij wist dat het vier dagen waren geweest, want elke avond had hij met zijn nagel een kleine inkerving gemaakt om niet de tel kwijt te raken: er werd nooit een verklaring gegeven en de geldende normen werden met voeten getreden. Zijn misdaad, en die van zijn kameraad die naast hem lag in het stapelbed, bestond eruit dat ze zich op een van die donkere, ijskoude ochtenden hadden verslapen en niet op tijd buiten hadden gestaan. Zijn lichaam deed overal pijn van de zweepslagen die hij gekregen had voordat hij werd opgesloten, en van de harde, te korte brits. Die hadden ze expres zo gemaakt, te kort, daarvan was hij overtuigd. En dan mocht hij nog van geluk spreken, want vergeleken met de andere gevangenen had hij een bevoorrechte positie, als je het zo kon noemen tenminste: er werd op hem gewacht in het huis van de commandant, waar hij te werk was gesteld. Wie weet hoelang de celstraf anders had geduurd?

Hij blies op zijn verkleumde vingers en vergat sjachariet te bidden, het oude ochtendgebed dat hij als kind had geleerd; in feite bad hij al maanden niet meer. Na het appel, waardoor hij het nog kouder had gekregen, ging hij aan het werk, denkend aan het warme eten – een kop waterige knollensoep – dat hij die middag tenminste weer zou krijgen. De strafcellen bevonden zich naast de appelplaats, op de hoogst gelegen plek van de hel, waar de gevangenen soms ook bijeen werden gedreven om executies bij te wonen. Het Dreiflüsselager, een van de betrekkelijk kleine buitenkampen, strekte zich beneden hem uit en leek enorm, alles was gehuld in mist, met de onheilspellende gebouwen als wazige schaduwen; de daken van de barakken zagen wit van de sneeuw of de rijp – dat was niet eens goed te zien. Maar Sauckel, de kampcommandant, die sadistische reus met zijn verfijnde smaak, wilde gladiolen en camelia's kweken in een kas, en Daniel had samen met anderen gewerkt aan het houten geraamte. Daarvoor kregen ze soms wat extra eten. Gelukkig, dacht hij, hadden ze de straf niet 'verzwaard' met bijvoorbeeld nog een afranseling voordat hij de cel verliet; je wist nooit waar je aan toe was, want in de kleinere buitenkampen namen ze het niet zo nauw met de regels. Wijs geworden door andere geselingen die hij had moeten bijwonen was hij vier dagen geleden, voordat ze hem ertoe zouden dwingen, uit zichzelf over de bok gaan liggen en had hij zijn hemd omhooggedaan en zijn broek omlaaggetrokken.

Zich vastklemmend aan de bok had hij steeds het getal gegild bij elk van de vijfentwintig zweepslagen, en aangezien hij zich, hoeveel pijn het ook deed, niet vertelde, waren ze niet weer van voren af aan begonnen, iets wat ze vaak deden om te pesten. Tot dan toe was hij ontsnapt aan de 'reglementaire' zweepslagen, hoewel hij vaak genoeg een klap of een por had gekregen. Maar de arts met zijn grijze, staalharde ogen had niet geaarzeld om na een vluchtige blik op de twee barakgenoten de autorisatie voor lijfstraf te tekenen. Daniel kon zich geen geval herinneren waarin dat niet was gebeurd. De blik van de man bezorgde hem koude rillingen, de arts had hem van top tot teen opgenomen en wie weet geschikt bevonden voor nog grotere kwellingen.

Onder de gevangenen die het langst in het kamp zaten

deden verhalen de ronde over de absolute hel, over tochten naar andere kampen waarvan niemand terugkeerde, over schrikwekkende namen, en ook werd er gesproken over een soort schamel paradijs, een fabriek waar je een extra portie eten kreeg en waar niemand mishandeld werd. Maar Daniel wilde niet nog banger worden of wegdromen: hij moest zijn aandacht bij het werk houden en vandaag kostte hem dat grote moeite. In de cel waren de sneetjes brood nog dunner dan daarbuiten, was het eten net genoeg om in leven te blijven. Terwijl hij zich zo goed als hij kon aan zijn taak wijdde, zonder zichzelf een adempauze te gunnen, blij zelfs dat ze hem niet voor straf naar de steengroeve hadden gestuurd, moest hij denken aan de kracht die hem gered had: het leven. Voor hoelang nog?

'Beroep?'

Niet iedereen had het geluk die schijnbaar zo onschuldige vraag gesteld te krijgen. Degenen die meteen al voor de dood werden geselecteerd moesten in een andere rij gaan staan: kinderen, bejaarden, oude vrouwen en zieken.

Hij antwoordde snel: 'Timmerman, meubelmaker.'

Het was een halve leugen. Maar achter zijn bleke voorhoofd was dat antwoord spontaan opgekomen. Pas later dacht hij erover na. Het leek of iemand het hem had gedicteerd. In die tijd van de meest meedogenloze vervolging was leven het slappe koord en de Joden – en zo veel andere mensen – de onervaren, gestigmatiseerde koorddansers. Hij kende maar al te goed degenen die het lot van zijn volk bepaalden: moordenaars, officieren van de Waffen-ss, verklede monsters in smetteloze (als ze niet met bloed bespat waren) uniformen en keurig gekamde haren, vaak zeer ontwikkelde mannen die misschien hielden van hun hond, van muziek, en vast een gezin hadden. Tussen die vervloekte fijne handen, tussen die kalme of fanatieke ogen, hing een slap koord: het leven – of wat daarvoor doorging. Voor die gojim, dacht Daniel, terwijl hij de vraag hoorde, had het aloude gebod 'gij zult niet doden' geen enkele betekenis. Zijn moeder had niet meer de kans gekregen welke vraag dan ook te horen, ze was al vrij snel in het getto overleden; de Joodse arts kon niets voor haar doen en had het over tuberculose, maar hij dacht eigenlijk dat ze, nog slechts een schim van zichzelf, van honger en verdriet was gestorven.

Wat zou een luthier in de hel kunnen doen? Timmerman leek op dat moment zelfs de officier, die goedkeurend knikte terwijl hij opschreef wat hij hoorde, een goed antwoord; timmermannen konden ze altijd gebruiken. Maar naarmate de maanden verstreken, die door alle ontberingen wel jaren leken, begon Daniel eraan te twijfelen. Hoe dan ook, ze hadden hem betrekkelijk snel – je wist nooit hoelang je opgesloten bleef, hoewel 'zij' het over een reglement hadden – uit de cel gehaald zodat hij tenminste weer het daglicht zag. Aangezien er slechts een piepklein raampje was, had hij praktisch de hele tijd in het donker gezeten.

Vergeleken met de meeste andere gevangenen mocht hij – dat besefte hij maar al te goed – in zijn handen knijpen: hij werkte binnen, want de kas was bijna klaar, en in de kelder had hij schappen voor flessen gemaakt. Uit flarden van gesprekken had hij begrepen dat er in het huis nog meer gedaan moest worden. Misschien had hij geluk en zou hij ook die klussen te doen krijgen. Dat ik me heb verslapen, dacht hij, komt doordat ik niet genoeg te eten krijg en het voedselgebrek compenseer met extra slaap. Ze moesten om half zes, wanneer het nog pikkedonker was, opstaan en begonnen kwart voor zeven. De andere gevangenen hadden om twaalf uur maar een half uur pauze, terwijl degenen die in het huis van de commandant en de bijbehorende gebouwen werkten, als het resultaat tenminste zijn goedkeuring kon wegdragen, want hij was veeleisend en wispelturig, een uur mochten pauzeren. 's Middags moesten ze doorwerken tot half zeven, dan waren ze net op tijd voor het karige avondmaal, gevolgd door het lange appel en de nacht zonder hoop op een weldadiger ochtendstond.

Maar op zondagmorgen wilde Sauckel geen lawaai horen want 's nachts kwam hij laat thuis of er werden bij hem kleine orgiën gehouden, en om te voorkomen dat hij wakker zou worden, mochten de slaven veel later beginnen. En die kleine voordelen, waaraan, zo vreesde Daniel, op elk moment een einde kon komen, waren de enige hoop die hij zich wilde toestaan – niet verder denken, zo min mogelijk aan vroeger denken, zelfs de pijnscheuten negeren die zo nu en dan zijn lichaam deden verkrampen. Niet verlangen naar Eva – misschien was ze al dood – met wie hij, als de oorlog er niet tussen was gekomen, nu getrouwd zou zijn. Niet denken aan haar omhelzingen van de laatste tijd, haar warme lippen na de eerste formele weken van hun verkering, toen ze door een tussenpersoon aan elkaar waren voorgesteld, zoals de gewoonte was binnen hun gemeenschap.

Hij voelde zich zo zwak vandaag dat het verlangen naar een vrouw hem nu voorkwam als iets uit een vorig leven, uit het leven van een ander. Slechts een zekere woede hield hem op de been want hij wilde dat stelletje hyena's – de führers, de kapo's – niet het plezier gunnen hem te zien flauwvallen. Onwillekeurig voerden zijn gedachten hem naar de eerste weken in het Dreiflüsselager, toen hij 's avonds, stiekem, heel kort nog contact had met een vrouwelijke gevangene, allebei verscholen achter een of ander hek. Maar al gauw werden mannen en vrouwen gescheiden door een muur van prikkeldraad dat onder stroom stond en aan het optrekken waarvan zij zelf hadden moeten meehelpen. Hij had nu nog zo weinig fut dat het hem allemaal niets meer kon schelen.

Honger drong zich weer op. Hij was jong en hield van eten. Het maal zou slechts even het lege gevoel in zijn maag verdrijven. Misschien zou de kokkin hem stiekem wat kliekjes toestoppen, dat deed ze soms, wanneer *hij* na het eten al lezend zat uit te buiken. Vijf uur werken op niet meer dan een kom slappe koffie en een stukje bruin brood maakte dat hij bijna van zijn stokje ging. Toen ze in de hal waren en op het punt stonden te vertrekken rolden er plotseling drie gouden appels – was het geen hallucinatie? – over de vloer, vergezeld door een schaterende lach; alle vier kropen ze op handen en voeten over de grond om de appels te pakken terwijl de commandant zich vermaakte door ertegenaan te schoppen. Daniel voelde zich helemaal niet gekrenkt in zijn trots toen hij bukte om er een te pakken: het was de onwaardigheid die zich amuseerde met zijn honger. Een zwarte laars, die hem enorm toescheen, bleef dreigend staan bij zijn hand, bewoog zich toen naar achteren en schopte de vrucht weg, maar uiteindelijk wist Daniel de appel te bemachtigen. Hij werd niet afgenomen en ook werden de honden niet op hem afgestuurd toen hij zijn tanden erin zette. De commandant was kennelijk met zijn goede been uit bed gestapt. Boven stond een jonge vrouw die hem riep. Aha, dat was het dus, een knappe prostituee die hem kennelijk goed was bevallen. Misschien zouden ze een paar dagen met rust gelaten worden. Ondanks de herinnering aan de appel duurde de middag erg lang.

Na de dagen in de cel vond hij de houten brits zelfs

aangenaam, en zijn barakgenoten, net zo luizig als hij, of nog erger, een vertrouwde aanwezigheid waaruit hij steun putte.

Deze keer maakten ze hem wakker. Hij mocht zich niet opnieuw verslapen! Dan zou niemand hem meer kunnen behoeden voor celstraf met verzwaring, en de manier waarop dokter Rascher naar hem had gekeken voorspelde niet veel goeds. Hoewel hij de zweepslagen nog voelde, had hij de hele nacht geslapen zonder door nachtmerries gekweld te worden, misschien omdat hij tussen lotgenoten lag. De barakoudste haalde hem uit een andere wereld. Hij droomde dat hij in zijn keurig opgeruimde atelier werkte aan een altviool, omgeven door de vertrouwde en aangename geuren van hout, lijm en lak – en niet door de stank die in de barak hing. Boven was zijn moeder neuriënd bezig het eten klaar te maken, dat ook heerlijk rook. Het waren allemaal verrukkelijke sensaties: de zon leek het hout te vergulden, ontlokte er een warme gloed aan als van de lucht bij zonsondergang, als van oud goud, met een zweem van rood en vreemd genoeg zelfs iets van blauw. Het contrast met de koude glans van de set stalen mesjes die hij gebruikte kon niet groter zijn.

Alle stukken ruw hout die kwartier waren gezaagd toonden hun vlammen, geurend, en ertussendoor stroomde de lucht – samen met de tijd zorgde dat voor het trage droogproces. Hij had het vak geleerd van zijn vader en gebruikte nooit hout dat korter dan vijf jaar gelegen had. Van goede kwaliteit sparren uit de bergen of esdoorn, van bomen waarin vogels hadden genesteld, waarin de wind had gezongen – zoals later de strijkstok zou doen. In zijn droom fonkelde elk onderdeel, elk stuk gereedschap als een juweel, en dat waren ze in feite ook, de bescheiden juwelen aan zijn kroon van ambachtsman. In zijn droom stond hij op het punt een van de moeilijkste dingen te doen als je een viool bouwt: het plaatsen van de stapel, dat kleine stokje van fijn generfd hout dat recht onder het rechtervoetje van de kam staat. Maar wat was dat? Zijn handen zweetten, de stapel verschoof, gleed weg! Te kort, onbruikbaar. Hij zou een nieuwe moeten maken. De altviool zonk echter weg, ver, ver weg.

Op dat moment werd hij door een paar handen wakker geschud. De altviool was zonder stapel, de ziel van het instrument, gebleven. Dat leek hem een slecht voorteken.

Maar dat was niet de schuld van zijn droom. Ook hoefde hij niet ergens anders iets te zoeken dat wees op gevaar. Het bevond zich voor hem. Het slechte voorteken was simpelweg de ochtendstond. De ochtendstond van een nieuwe dag, in Gehenna, in het kamp van de drie rivieren.

Een donkere ochtendstond, voorbode van een grijze dag met aarzelend licht, als een oude deken op het haveloze bed van smart. Geen enkele nachtmerrie, dacht hij, kon erger zijn dan de wreedheid die hen omringde en doordrenkte, even onvermijdelijk als de lucht die ze inademden. Daartegenover waren zij weerloos, kwetsbaar als pasgeborenen. Hij had het gevoel dat ze door iedereen, zelfs door Jahwe, in de steek waren gelaten, overgeleverd aan een onbegrijpelijke haat. Hij had zijn vader horen vertellen over ballingschap en over pogroms in de tijd van zijn grootouders, maar zelf had hij een onbezorgde jeugd gehad. Ze hadden met een vrolijk feest zijn bar mitswa en dat van zijn oudere broer gevierd; alleen de dood van hun vader, die aan een ziekte bezweken was, had die vredigheid verstoord. Misschien dat de storm hen daarom zo volkomen onverwacht had overvallen, dat hij daarom – bezig als hij was met zijn vak – de voorbode van naderend onheil, de donkere wolken die zich boven hun hoofd samenpakten niet had opgemerkt. Toen de tirannie begon, had hij de davidster gedragen zonder te vermoeden dat het een teken des doods was, zoals bomen gemerkt worden voor de hakbijl, en zijn ogen waren pas opengegaan voor de nieuwe, harde werkelijkheid op de vreselijke dag dat ze zijn werkplaats kort en klein sloegen en iets verderop de oude synagoge in brand stond – de synagoge waar hij zich als kind geborgen had gevoeld, omhuld door de lange talles van zijn vader, die hem dikwijls meenam naar religieuze plechtigheden. Sindsdien, dacht hij nu, waren ze met de dag dieper weggezonken in het zwarte water dat hen allen zou verzwelgen.

Het was de tweede dag na zijn verblijf in de strafcel en hij wist niet waarom hij de uren langer vond duren dan de eerste dag. Hij merkte dat hij werd overmand door moedeloosheid, door een gevoel van fatalisme dat grensde aan wanhoop. Hij kende de symptomen: hij had kampgenoten ziek zien worden, hij had meegemaakt hoe ze zich lieten meevoeren naar de dood; nu lagen ze begraven onder de heuvels in de omgeving. Hij was jonger – probeerde hij zichzelf moed in te spreken – en zou nog een tijdje blijven vechten. Hij kwam doodmoe bij de barak aan, had geen zin om te praten en wilde alleen nog maar liggen. Een tijdje later kwamen, afgepeigerd, zijn makkers binnen die werkten in de steengroeve.

Er deed zich echter een onverwachte gebeurtenis voor, iets wat een sprankje hoop gaf. Er waren nieuwe mannen aangekomen ter vervanging van degenen die bezweken waren onder de slavenarbeid. Een van hen kreeg een plaats toegewezen naast hem op de brits. Het bleek een monteur uit zijn straat te zijn die hij goed kende. Daniel las in de ogen van de man verbazing en verdriet omdat hij er zo mager en bleek uitzag. Ze omhelsden elkaar huilend – door de lichamelijke verzwakking vloeiden de tranen makkelijk. Maar even later onderging de vioolbouwer voor de eerste keer sinds hij in het Dreiflüsselager was iets van vreugde. Eva leefde nog, vertelde zijn buurman, en ze maakte het redelijk goed. Hij had haar gezien toen hij een reparatie moest uitvoeren in de fabriek van Tisch, waar militaire uniformen werden gemaakt: het 'paradijs' waarover in het kamp zachtjes werd gesproken. Ja, Eva at elke dag dikke sneeën roggebrood – brood dat de industrieel in zijn uitzonderlijke goedheid haar met geld uit zijn eigen zak voor de arbeiders liet kopen. Dikwijls glom op het brood zelfs een laagje margarine … of boter!

Ze bleven in het donker zachtjes praten. De monteur vertelde nog meer dingen en probeerde het niet al te pijnlijk te laten klinken. Ze had eerst in een ander kamp gezeten, met een vreselijke naam. Hij wist niet wat ze daar allemaal had moeten verduren, maar ze had het overleefd en bevond zich nu tamelijk dicht bij hem.

'Kon ik maar ontsnappen om haar te zien …'

'Als je dat maar uit je hoofd laat!' waarschuwde Freund. 'Het zou je dood kunnen zijn.'

Hij had het vaak gezien, fusillades wegens een echte of vermeende vluchtpoging, voltrokken op het moment zelf: ze schoten snel, de Zwijnen, en de commandant schrok er niet voor terug eigenhandig gevangenen dood te schieten.

Iemand riep: 'Hé, jullie, kop houden! Ik wil maffen.'

'Morgen vertel ik je meer, als we dan nog leven.'

Het korte gesprek hield Daniel lang wakker. Hoewel hij weinig fantasie had, stelde hij zich Eva voor, zittend achter een naaimachine, haar kleine handen trokken de stof onder de naald door, haar mooie benen onder de machine bewogen onvermoeibaar het pedaal op en neer. Hij zag echter liever haar volle lippen voor zich, niet terwijl ze de zijne kusten, maar terwijl ze de vette boter op het roggebrood raakten, de gezegende dikke sneeën, dacht hij, die haar in leven zouden houden, die haar donkere, sprankelende ogen weer enigszins zouden doen stralen. Hij voelde geen afgunst: dat beeld verdreef de wanhoop. De volgende dag was hij weer iets levenslustiger toen hij aan het werk ging.

De middag duurde vreselijk lang. Aan de avond kwam maar geen einde. Hij verlangde ongeduldig naar de nacht om meer nieuws van zijn vriend te vernemen.

Ze praatten nog zachter, wisselden berichten uit over beide families: een lange dodenlijst.

'Regina, je kleine nichtje, heeft het gered!'

Een Duitse officier, vertelde Freund – later werd hij gesnapt en naar het oostfront gestuurd – had stiekem verscheidene kinderen in kisten met kleren het getto uit weten te krijgen. Voor zover hij wist was het kind in huis genomen door een musicus, een klant van Daniel, geen Jood, maar een Sudeten-Duitser, een goj met een goede inborst. Ja, natuurlijk kende hij hem. 'Rudi', antwoordde Daniel. 'Hij is getrouwd met een achternicht van mij.' Ze woonden buiten Krakau, bij zijn grootvader, zei Freund, ze hadden haar laten doorgaan voor een nichtje en hadden papieren waarin stond dat ze ariërs waren. Misschien zou ze het redden, of dat was wel bijna zeker. Zij was degene met de grootste kans om het er levend vanaf te brengen, als nichtje van een pure ariër, dat kleine meisje van drie jaar, als haar pleegouders erin slaagden haar er weer bovenop te krijgen, want toen ze het getto uit werd gesmokkeld was ze zwaar ondervoed. Lieve God, hoezeer wenste hij dat!

Hij hoorde het buiten regenen. Alles zal in een grote modderpoel veranderen, maar het zal tenminste niet meer zo koud zijn, dacht hij, voordat hij insliep op het getik van de regendruppels op het dunne, metalen dak van de barak.

# III

ZIJ ZATEN IN DUISTERNIS EN DE SCHADUW DES DOODS
GEKETEND IN VERDRUKKING EN IJZER

Psalm 107

# Afwijzing van Rascher een gevangene met een 'noordelijk' uiterlijk te gebruiken voor experimenten om met ijskoud water onderkoelde gevangenen op temperatuur te brengen – 1943

*Ik kreeg vier vrouwen tot mijn beschikking om gevangenen met onderkoelingsverschijnselen met behulp van dierlijke warmte weer op lichaamstemperatuur te brengen; ze waren afkomstig uit kamp Ravensbrück.*

*Een van die vrouwen heeft volkomen noordelijke trekken: blond haar, blauwe ogen, vorm van het hoofd en het lichaam. Ze is 21 jaar en driekwart.*

*Toen ik een opmerking maakte over het feit dat ze zich vrijwillig had aangeboden voor het bordeel zei ze: 'Liever zes maanden in een bordeel dan zes maanden kamp.' Ze vertelde vreemde dingen over kamp R., die werden bevestigd door de andere vrouwen en door hun bewaker.*

*Het stuit me tegen de borst dat een zeer noordelijk uitziende jonge vrouw ter beschikking wordt gesteld als prostituee aan etnisch inferieure gevangenen. Wellicht kan ze wanneer haar een geschikte taak wordt opgelegd weer het goede pad op worden geleid. Het is om deze reden dat ik weiger haar te gebruiken voor experimenten. Ik richt dit verslag tot de commandant en tot de adjudant van de Reichsführer SS.*

Dr. S. Rascher

De kas was af, althans voor zover het zijn werkzaamheden betrof, en de schappen stonden op het punt vol gezet te worden. Nu zouden de tuinmannen komen om verder uitvoering te geven aan de grillen van de commandant. Die nacht sliep Daniel slecht, bezorgd als hij was over wat hem nu te wachten stond. Misschien werd hij teruggestuurd naar de timmerwerkplaats. Toen ze iemand nodig hadden voor het huis, was de keus op hem gevallen omdat hij zo precies werkte. Maar het kon net zo goed dat hij ergens naartoe moest waar het werk veel zwaarder was; het lag er maar aan hoe Sauckels pet stond. Uit de flarden van een gesprek die hij had opgevangen maakte hij op dat er nog meer projecten op stapel stonden. Maar wie weet was *hij* het beu hen daar nog langer te zien. Hij wilde het werk uitgebreid inspecteren, en ze hadden half begrepen dat hij hen niet naar de steengroeve zou sturen als hij tevreden was.

Hij kreeg die dag niets bijzonders te horen: ze moesten alle vier terug naar de werkplaats. Des te beter, je kon maar liever onopgemerkt blijven en hopen dat niet je nummer geschreeuwd werd. Hij begreep dat er een feestje was in het paviljoen, want drie gevangen musici die hij goed kende, liepen er naartoe, gedoucht en netjes aangekleed. Halverwege de middag kwam Rascher met een onbekende collega de werkplaats binnen. Zonder te groeten of op te kijken bleef iedereen doorgaan met zijn werk, zoals bevolen. Ook de bezoekers zeiden niets, ze keken alleen naar de mannen die schaafden, zaagden, lijmden. Daniel werd zenuwachtig; hij had de indruk dat ze alleen naar hem keken. Hij bezeerde zijn hand zonder een kreet te durven slaken. Dat ontbrak er nog aan, dat ik mijn handen verwond, dacht hij, en hij dwong zichzelf door te werken, met neergeslagen ogen, zijn blik gericht op het werk. Hoe koud het ook was, zweetdruppels parelden op zijn voorhoofd, vlak onder het gemillimeterde haar. Ten slotte verlosten de artsen de arbeiders zwijgend van hun beklemmende aanwezigheid.

Ze waren vast op weg naar het huis van de commandant, die hen moest hebben uitgenodigd voor het feest en het concert. Het Monster hield van goede muziek en goede wijn. Soms bespeelde hij zelf de viool, en niet onverdienstelijk: de musici hadden gezegd dat hij zuiver speelde hoewel zonder gevoel. Het vermaak leek geen tijd te kennen, er waren vast ook mooie vrouwen bij, dat kon niet anders. Tegen de avond, toen hij klaar was met het schuren van een raamkozijn, voelde Daniel een zware hand op zijn schouder.

'Jij, naar het huis van de Sturmbannführer.'

Hij ging er zo snel als hij kon naartoe, met kloppend hart. Wat wilde *hij*? Niets bijzonders, zo leek het. Een bediende nam hem mee naar een van de deuren en wees bars op een klein defect, dat hij moeiteloos repareerde. Verderop hoorde hij het trio prachtig spelen. Maar opeens klonk een verontrustend geschreeuw van de commandant. Welke vreemde kracht gaf hem de moed de salon binnen te gaan? De lampen, de geur van lekker eten, de angst en de tabaksrook – dat alles deed hem even duizelen. Hij bleef staan en begreep al gauw wat er aan de hand was: de viool, het van paniek wit weggetrokken gezicht van Bronisław, een jonge, zeer gerespecteerde solist, Sauckels beschuldigende vinger, het zichtbare leedvermaak van Rascher. En toch keerde hij niet op zijn schreden terug. Nee, hij gunde hun niet dat wrede plezier. Hij ging in de houding staan, salueerde en zei met een dun stemmetje: 'Hij kan er niets aan doen, meneer. Er zit een barst in het bovenblad van de viool. Ik kan het repareren.'

De commandant keek hem verbijsterd aan, maar leek verheugd over de mogelijkheid dat het instrument gemaakt kon worden. Een van de gasten, een onbekende man, wierp Daniel een medelijdende blik toe en vroeg: 'Jij kunt het repareren, zeg je? Dus hij deed het niet expres om onze oren te pijnigen!'

Daniel nam de viool uit de handen van Bronisław, die aan de grond genageld stond, alsof hij een roos pakte en vergetend dat hij in het huis van de vijand was toonde hij de gast de kleine barst. Hij gaf uitleg in een mengelmoes van Jiddisch en Duits, maar met een zekerheid die hij sinds lang, sinds hij als *Untermensch* gevangenzat, niet meer ervaren had.

Vervolgens deed hij een paar stappen naar achteren. De gast die hem zo meelevend had aangekeken, de commandant en Rascher spraken op gedempte toon met elkaar, maar wat ze zeiden ging te snel voor hem. De andere arts en de jonge vrouwen zeiden niets. Hij voelde feilloos aan dat zijn leven, en dat van de terechtgewezen violist, van dat opgewonden gesprek afhing. Een van de jonge vrouwen schonk iedereen witte wijn bij in de ranke glazen van kristal. Ten slotte riep Sauckel een officier, zei iets tegen hem wijzend naar Daniel en krabbelde een paar woorden op een vel papier. Hij wil zich niet verlagen door persoonlijk het woord tot mij te richten, dacht de vioolbouwer, maar hij heeft een beslissing genomen en dat zal vast weer straf voor mij betekenen.

De ss'er trok hem ruw mee, deed de deur open en Daniel liep snel de trap af voordat hij eraf geduwd zou worden. Opnieuw klonk vrolijk gepraat, gelach; de musici waren

nog niet naar buiten gekomen. Toen hij een snelle blik om-
hoogwierp zag hij dat op het gezicht van de gevreesde arts
teleurstelling stond te lezen, en dat vond hij een gunstig
teken.

'Je hebt een ernstige fout begaan, stuk verdriet', zei de
officier tegen hem toen ze beneden waren. 'Je bent de salon
binnengegaan en hebt zonder eerst toestemming te vragen
het woord gericht tot Herr Sturmbannführer.'

Hij laste een pauze in alsof hij hem de tijd wilde geven
de ernst van de situatie tot zich door te laten dringen.

'In zijn goedheid heeft hij besloten je niet te straffen op
één voorwaarde: dat je voor morgenochtend de viool gemaakt hebt.'

Hij had niet gezien dat de officier de viool bij zich had.

'En hoe moet ik dat doen, meneer?'

'Houd je kop en luister naar me, stomme hond! Volg
me naar de werkplaats, daar kun je de hele nacht werken.
Als de commandant morgen niet tevreden is, krijg je ver-
zwaarde celstraf, met geseling ervoor en erna. Je bent nu
een recidivist.'

De man hijgde alsof die lange uitleg hem had uitgeput.
Verklaringen bleven doorgaans achterwege, straffen werden
in de regel lukraak uitgedeeld, zonder dat je wist waarom.
Nou goed, dacht hij, toen hij zag dat ze rechtstreeks naar
de werkplaats liepen, ik zal moeten proberen vol te houden zonder avondeten, ook al verga ik van de honger. Hij
had nog een korstje brood dat hij 's ochtends stiekem in
zijn zak had gestopt: soms deed hij dat omdat anders de
middag zo lang duurde. De ss'er had nog steeds de viool
in zijn hand en liet het vel papier zien aan een zwijgzame,
humeurige bewaker wiens humeur nog meer verslechterde
toen hij zonder enig commentaar las wat er op het papier

stond. Hij duwde Daniel naar binnen, gaf hem de viool en toen ze alleen waren in de werkplaats stak hij tegen de regels in een sigaret op en blies de rook in Daniels gezicht. Daniel hoestte, tot zichtbaar genoegen van de bewaker. Hij ging op een stoel zitten en keek sceptisch toe hoe de luthier bezig was. Na een paar trekjes hield hij op met roken en begon te knikkebollen.

De sigaret lag uitgetrapt op de vloer, maar Daniel durfde hem zelfs niet aan te raken. Slechts het gesnurk van de bewaker hield hem gezelschap, een van de gewone criminelen met een omgekeerde groene driehoek op hun kleren, en zo nu en dan de kreet van een nachtvogel in de verte, langs de grote rivier: buiten, waar bomen groeiden, waar nog andere kleuren bestonden dan alleen grijs en wit. Hij kende de naam van de grote rivier goed, de naam van vroeger. Maar een barakgenoot, een professor uit Krakau, die gevangenzat vanwege zijn socialistische ideeën (dat hij nog leefde dankte hij aan het feit dat op zijn identiteitsbewijs stond dat hij bakker was – hij was de zoon van een bakker en kon deeg maken en brood bakken) duidde hem aan met een vreemde naam: Acheron.

Hij concentreerde zich op de viool. Nee, hij was niet te optimistisch geweest en had het goed ingeschat: het was maar een klein scheurtje, je drukte het zo dicht, en geen enkele splinter aan de randen, Jahwe zij geloofd. Hij keek of hij een geschikt stukje hout kon vinden. Gelukkig ruimden ze altijd alles netjes op. Ja, hij hoefde ze niet af te schaven, de twee kleine ronde stukjes hout, glad en met de juiste maat. Hij had natuurlijk geen speciale vioollijm bij de hand, maar beschikte wel over tamelijk goed plaksel, dat ze gebruikten voor het fijne werk in het paviljoen van de Tiran. Hij stak de brander aan en verwarmde de lijm voorzichtig zodat die niet te dik zou zijn.

Hij was weer zichzelf, niet een nummer, geen voorwerp van hoon: hij was Daniel, vioolbouwer. Hij was op dat moment met zijn gedachten slechts bij zijn werk – en dat vervulde hem van trots. Hij vergat zelfs zijn honger en zijn ogen schitterden van aandachtige concentratie. Met vaardige vingers smeerde hij lijm langs de rand van de spleet, aan beide kanten, heel langzaam, de lijm voortdurend draaiend zodat die goed in het hout trok. Hij bekeek het resultaat met zijn kennersblik – hij was tussen violen geboren zou je kunnen zeggen! – en oordeelde dat het goed was. De nerven van het hout sloten weer mooi aan, het kleine scheurtje zou perfect hechten. In elk geval voor een tijdje. Hij pakte de lijmschroef, legde er zorgvuldig de blokjes hout onder zodat ze niet in aanraking met de lijm kwamen, en klemde ze vast. Hij veegde het zweet van zijn voorhoofd en dacht na.

Hij bekeek opnieuw zijn werk: een paar druppels lijm die op de klankkast waren gemorst moesten worden verwijderd voordat ze zouden opdrogen. Hij verwarmde wat water, doopte er een fijn penseel in en maakte het betreffende gedeelte van de klankkast zorgvuldig schoon. Nu was het verder een kwestie van tijd. Al dat precisiewerk had tijd gevergd en hij wist dat het minstens vier lange uren zou duren voordat de lijm goed droog was, helemaal met dat vochtige weer. De bewaker sliep en Daniel durfde hem niet wakker te maken uit angst een pak slaag te krijgen nu de man – hij wel verdorie – in zijn lekker warme wollen jas lag te snurken. Hij kon hem niet wakker maken, en zomaar de werkplaats verlaten daar was geen denken aan, want dan zou zijn heimelijke schaduw onder vuur worden genomen door een bewaker. Nou ja, dacht hij als troost voor de slapeloze nacht die hem wachtte, ik zal waken over de viool, ik zal ervoor zorgen dat hem niets overkomt: er staat te veel op het spel!

Nu speelde het vreselijke hongergevoel weer op; hij zag een stukje van de appel die de bewaker had gegeten op de grond liggen. Stilletjes veegde hij het schoon met een doek en stak het gulzig in zijn mond. Hij zou moeten proberen wat te slapen of in elk geval te rusten; hij warmde even zijn handen boven de brander voordat hij het vuur uit deed, vervolgens ging hij op de vloer liggen, op een plek waar de houtkrullen enige bescherming boden. Hij probeerde te slapen maar schoot steeds weer wakker. Het regende niet, de nacht was koud en kalm, zijn dromen waren onrustig; met weinig overtuiging prevelde hij een gebed, smeekte de zwijgzame God dat zijn werk goedgekeurd zou worden. Hij werd heel vroeg wakker en ging op een stapel hout zitten, want hij wilde niet meer slapen: hij mocht niet te laat op het appel komen en het ontbijt missen. Vandaag hoefde hij niet onder de douche, dus deed hij een kattenwasje met het water uit het pannetje en ging naar buiten zodra hij de sirene hoorde.

Toen hij terugging naar de timmerwerkplaats liet hij het papier dat hij de vorige dag had gekregen zien aan de bewaker die de andere had afgelost, maar de man moest al instructies hebben gekregen: 'Aan het werk, snel,' zei hij, maar hij sloeg hem niet. 'Het is nog te vroeg. Ik waarschuw je wel wanneer het tijd is om je te melden bij de Sturmbannführer.'

Onder het werk wierp Daniel vaak een blik op 'zijn' viool en de blijdschap vermengde zich met de bekende angst toen de bewaker op zijn horloge keek en zei dat hij moest gaan. Op vertoon van het papier werd hij binnengelaten. Deze keer verwaardigde de commandant zich persoonlijk het woord tot hem te richten na hem met een enkel woord op zijn plaats te hebben gezet: 'Ah, het timmermannetje.'

Hij streelde zijn hond; onwillekeurig ging Daniel recht-op staan. Hij was lang, maar de ander was zeker een halve kop groter. Bovendien liepen de gevangenen als in elkaar gedoken. Terwijl de commandant het instrument bekeek liet hij de ander enkele tergend lange seconden in onzeker-heid.

Hij lijkt niet in een al te best humeur, dacht Daniel. Een paar rimpels doorgroefden het voorhoofd van de comman-dant; misschien had hij een kater. Ogenschijnlijk hechtte hij niet veel belang aan de zaak, maar hij streek met de stok over de viool en speelde een paar maten. Zijn gezicht klaarde op en hij glimlachte.

'In orde. Je kunt teruggaan naar de werkplaats en o wee als je de kantjes eraf loopt! Ik houd hem voorlopig hier. Ingerukt nu!'

Hij richtte zich tot zijn adjudant en zei met een wreed genoegen op luide toon, zodat de luthier het zou horen: 'We geven 'm hem terug als hij uit de cel komt. Wat, ben je er nog steeds? Ophoepelen zei ik!'

Daniel haastte zich weg, zo snel dat hij bijna viel. Wat hij in een opwelling van overmoed had gedaan, had dus niet kunnen voorkomen dat de grote musicus straf kreeg. Hij durfde geen woord meer te zeggen tegen de commandant, met naast hem de hond die hij elk moment op hem los kon laten. Opnieuw ontmoedigd ging hij terug naar de werk-plaats, waar altijd wat te doen was. Kennelijk had hij nog niet genoeg geleerd van alle wreedheden en had hij durven denken dat het Monster, tevreden dat het instrument van zijn 'privémusicus' gemaakt was, Bronisław niet zou straf-fen voor iets waar hij niets aan kon doen. Want dat wist de commandant heel goed, maar in het Dreiflüsselager heerste geen logica – laat staan mededogen.

Hoe dan ook, Eva eet dikke sneeën brood met boter, dacht hij om niet alle moed te verliezen, tollend van de slaap, moe als hij was. Maar meteen daarna keerde zijn eerdere gedachte terug: hij had het erop moeten wagen, hij had tegen de commandant moeten zeggen dat het een noodreparatie betrof, dat er misschien een grondiger ingreep nodig was, dat het instrument moest worden opengemaakt om aan de binnenkant de hechting te kunnen verstevigen. Hij was echter niet in staat geweest er nog een woord aan toe te voegen, de moed was hem de vorige dag diep in de schoenen gezakt, angst hield zijn lippen op elkaar geklemd. Wat zou er gebeuren als het scheurtje weer openging? Wat zou er dan met hen, met de musicus, met hemzelf gebeuren? Hij moest nu weer de hele dag doorwerken, elf en een half uur, en al die tijd bleef die vraag door zijn hoofd spoken.

Toen ze tussen de middag soep kregen, sprak hij zijn vriend de monteur, die opgelucht was hem te zien. Omdat ze hem 's avonds hadden gemist vreesden zijn barakgenoten dat hij weer in de cel was opgesloten. Hij van zijn kant had, toen hij met al zijn aandacht bij de viool aan het werk was, geen moment meer aan hen gedacht. Niet dat hij was vergeten waar hij zich bevond, maar hij had even alles diep weggestopt: de afranselingen, de modder, de vrieskou en de vochtige mist, de schaduw van de galg, het geschreeuw en de beledigingen. Dat alles kwam pas weer boven door de woorden van Sauckel, als een kleverige vis die aan een scherpe haak uit het water wordt gehaald.

'Ik heb de violist gestraft ...'

Nog een geluk dat ze hem niet hadden afgeranseld, in

elk geval niet in het openbaar: ze hadden niet hoeven aantreden, maar misschien hadden ze hem in de kelder met de zweep gegeven, zonder toeschouwers, zoals wel vaker gebeurde. Als Bronisław zo was mishandeld, zouden ze er ooit allemaal voor moeten boeten. Hij kon er maar beter niet aan denken en zich vastklampen aan de hoop dat hij binnenkort weer naar het huis van de commandant zou worden gestuurd om er te werken. Ik heb gehoord dat het Zwijn nog een kast wil. Misschien schuift de kokkin me een kliekje toe. Hoe dan ook, morgen is het donderdag, de enige dag dat ze in plaats van de waterige knollensoep gekookte aardappels kregen, met schil en al. Wie weet zat er een grote tussen voor hem … Zo kort na de vier dagen die hij als een geslagen hond in de cel had doorgebracht, leek er geen einde te komen aan de dag. Als een te lange jas die over de grond sleept, zo sleepten de uren van die dag zich voort. En omdat hij de nacht ervoor bijna geen oog had dichtgedaan leek die nog langer dan anders. 's Avonds was er nieuws, gefluister dat door de hele barak ging. De monteur wist nog meer. Maar Daniel wilde het niet horen, wilde er niets van weten; hij viel om van de slaap en bovendien zag hij aan de ogen van zijn barakgenoten dat het slecht nieuws was. Hij zou er niet van kunnen slapen, en als hij niet sliep zou hij ziek worden en in aanmerking komen om afgevoerd te worden naar de 'ziekenboeg', om mee te gaan met de halfgeheime transporten naar het Dodenkamp.

'Morgen,' zei hij, 'morgen.'

Hij viel in slaap op het gefluister dat om hem heen gonsde. Er was niets wat men daar, buiten de tijd, buiten de stroom van het leven, nog kon verwachten. Hij droomde. Hij bevond zich in een immense wachtkamer, kil, rokerig.

Er kwamen lange treinen aan op het perron, je zag ze vaag door de ruiten, een hele sliert gesloten wagons voor vee, die niet stopten. De deuren gingen open, vrienden van hem werden het perron op geduwd, maar hij bleef rustig zitten op het metalen bankje. Aan het plafond van de wachtkamer hingen lijken, hingen violen. Een trein stopte wel, maar de stationschef met een militaire pet op en met net zo'n blik als de gast in het huis van de commandant die medelijdend in zijn richting had gekeken, hield hem tegen.

'Jij niet', zei hij. 'Dit is jouw trein niet. Jij moet de viool afmaken.'

Er kwam een inspecteur aangelopen, zwaaiend met een zweep. Hij wilde vluchten. Hij tilde een been op, maar kon niet rennen, hij deed zijn mond open maar kon niet schreeuwen. Hij deed hem nog wijder open en er ontsnapte een kreet.

'Stil! Ik ben bij je. Je schreeuwde in je droom.'

Ze aten het brood dat ze als ontbijt kregen en Freund zei met volle mond: 'Heel verstandig dat je gisteravond niets wilde horen. Je viel om van de slaap en als je het nieuws had gehoord zou je geen oog dicht hebben gedaan.'

'Het gaat al weer. Wat is het?'

Die ochtend duurde het appel relatief kort, aangezien er zich geen enkel incident had voorgedaan; het was kwart over zes. Beide mannen gingen in het donker op een steen zitten zodat de vioolbouwer de harde werkelijkheid tot zich door kon laten dringen. Hij was gered door een vreemd toeval, misschien de wil van God, misschien door zijn plotselinge besluit voor te stellen de viool te repareren. Dat was vast de reden waarom Rascher zo teleurgesteld had gekeken, aangezien de 'timmerman' vanwege zijn jonge leeftijd en zijn gezondheid, die nog niet helemaal ondermijnd was, een aantrekkelijke prooi voor hem was. Ze hadden vier jongemannen meegenomen voor experimenten. Een uit hun barak.

'Gisteren heb je niet eens gemerkt dat er iemand van ons ontbrak.'

'En wat gaan ze met hen doen?'

Zijn vriend had informatie uit betrouwbare bron. Als hij bezig was in de garage ving hij weleens wat op. Zo had hij de chauffeur van een van de Obersturmführers tegen een ander, zonder er doekjes om te winden, horen vertellen over Raschers proeven.

Gelukkig ben ik gaan zitten, dacht Daniel. De verschrikking kroop via zijn benen omhoog als een slang die uit de modder tevoorschijn komt. Was het echt waar? Kon zoiets schandelijks bestaan? Terwijl hij bezig was geweest het scheurtje te lijmen zodat de nerven van de viool weer mooi aansloten, peinsde hij met een hand voor zijn mond om niet te braken, om niet in gescheld uit te barsten, werden die vier arme jongens ondergedompeld in een bad ijskoud water – 'van $4^0$', preciseerde Freund. 'Ze gaan heel methodisch te werk' – net zo lang tot ze het bewustzijn verliezen.

'Waarom doen ze dat?'

'De Zwijnen zeggen dat de resultaten van het experiment van belang kunnen zijn voor het redden van Duitse vliegeniers die zwaar onderkoeld uit de Baltische Zee worden opgevist. Maar ik geloof er niets van, net zomin als de andere gevangenen in de werkplaats … Die Rotzakken geloven het zelf niet eens. Ik ben ervan overtuigd dat ze het alleen doen om te sarren, de schoften. Ze vinden niets heerlijkers dan mensen te martelen, de smeerlappen, neem dat van me aan.'

'En sterven ze niet van de kou?'

'Sommigen, slechts een verwaarloosbaar percentage, zo heet het. En weet je hoe ze weer bij kennis worden gebracht? Tussen twee naakte vrouwen, om warm te worden, hoeren of gevangenen. Dierlijke warmteproeven noemen ze dat. Ze kijken of ze weer bijkomen, ze bestuderen alles heel nauwkeurig en nemen om de zoveel tijd de temperatuur op. Pas op het laatst leggen ze een deken over hen heen, de vervloekte honden. Een kameraad die in het andere kamp heeft gezeten, vertelde dat hij heeft gehoord hoe die smeerlappen zich verkneukelden wanneer ze verslag deden. O wat zou ik ze graag doodtrappen! Maar kom, we moeten gaan, het is tijd. Vooruit, sta op! Opstaan zeg ik, verdomme!'

Hun kameraad zagen ze niet meer terug.

Nooit meer.

# IV

WIE DURFT TE LACHEN IN DE DALEN VOL BLOEMEN?
BETOOM, BETOOM DE VURIGE PAARDEN!

...

OVER TREDEN VAN STILTE STEGEN
MOEDERLIJKE KRETEN OP
EN DE VERGULDE HOND VAN DE DAGERAAD WIL
SUIKER VAN HUN BOTTEN.
MAAR ZIJ BLIJVEN DAARBENEDEN!

Agustí Bartra, *De vuurboom*

# Mededeling over veiligheidsmaatregelen in het concentratiekamp Auschwitz – 1944

*Het concentratiekamp III omvat alle afgelegen kampen die in Opper-Silezië ten dienste van industriële ondernemingen staan en zich op grote afstand van elkaar bevinden. Op dit moment staat vast dat al die kampen ook veiligheidsmaatregelen hebben genomen, dat wil zeggen, ze zijn omgeven door stroomdraad en beschikken over bewaakte randgebieden.*

...... ......

*Voor de afgelegen kampen van het concentratiekamp III beschikt men over 650 bewakingseenheden.*
*Als voorzorg heeft men een andere veiligheidsmaatregel genomen: de afbakening van een buitenring bezet door de Wehrmacht. Binnen deze buitenring liggen het werkkamp ten dienste van IG Farbenindustrie dat thans beschikt over 7.000 gevangenen en alle fabrieken van IG Farben, waar naast onze gevangenen nog zo'n 15.000 mannen werken.*

De vorige dag had hij de twee delen van het bovenblad gelijmd. De nerven van het prachtige vurenhout uit Hongarije sloten volmaakt op elkaar aan. Daniel had voor de zekerheid de randen verwarmd zodat de lijm goed in alle poriën zou doordringen. Nu was de fase aangebroken waar hij erg van hield: het bepalen van de exacte vorm van de viool. Hij had die al heel duidelijk voor ogen, en bovendien vertrouwde hij ondanks de allesbehalve ideale omstandigheden op zijn inmiddels lange ervaring.

Hij kon het niet laten er even aan te ruiken voordat hij het hout onder handen nam. Na een poosje merkte hij hoe moe hij was, maar hij bekeek zijn werk tevreden. De tekening was goed gelukt, ondanks zijn zwakke toestand hadden zijn handen niet getrild toen hij het sjabloon aftekende: het was een duidelijke, strakke lijn geworden. Wel was hij er misschien langer mee bezig geweest dan hij had gedacht. Toen pakte hij de figuurzaag van de muur, legde het plaatje hout half op de tafel en prevelde voordat hij begon te zagen haast onbewust een gebed. Het was niet eenvoudig om het dunne zaagje vlak langs de lijn te sturen zonder hem te raken, zodat er nog een millimeter overbleef om later de rand zo glad als de rand van een vel papier te schuren. Maar Daniel had er geen enkele moeite mee. Hij vergat alles om zich heen en had nog slechts oog voor die strakke lijn, rond als de welving van een vrouwentors. Al zijn nog resterende krachten concentreerden zich op zijn rechterhand en hij hervond het gemak waarmee hij dit werkje zo vaak had gedaan.

Maar het zweet gutste van zijn voorhoofd omdat hij zo verzwakt was. Hij wiste het voorzichtig af, zodat het niet in zijn ogen liep en zijn zicht vertroebelde. Het bijschuren was minder vermoeiend, en toen de contouren van het model dat hij in zijn hoofd had zichtbaar werden ervoer hij een soort welbehagen – een gevoel dat hij al maanden niet meer had gehad – een fysiek welbehagen zelfs. Handen hebben een geheugen – dat zeiden de violisten of cellisten tenminste die hun instrument aan hem toevertrouwden ter reparatie, of wanneer iemand een nieuwe altviool bij hem bestelde. Hij praatte graag met zijn klanten, om dingen aan de weet te komen over de praktijk van uitvoerend musicus. Ook zijn vingers herinnerden zich de fijne motoriek die nodig was voor het bouwen van een viool.

Nee, deze keer was hij niet wakker geschrokken – of geschud – uit een droom. Hij werkte 's ochtends daadwerkelijk aan een viool. Maar de sirene voor de schaft, de haast waarmee de meubelmakers en timmerlieden wegliepen en opeens het lege gevoel in zijn maag, maakten hem duidelijk dat hij niet thuis was. Hij bouwde een viool in het *lager*, op bevel van de commandant. Nu waren 's middags, op de garage na, alle werkplaatsen in het kamp dicht: de gevangenen die daar nog toe in staat waren moesten werken in de fabrieken waar wapens, platen ijzer voor vliegtuigen en tankonderdelen werden gemaakt. De geallieerden voerden het ene bombardement na het andere uit en een deel van de gevangenen moest helpen bij het graven van ondergrondse galerijen voor een nieuwe wapenfabriek. Daniel werd naar een fabriek van IG Farben gestuurd, een van de vele firma's die dankbaar gebruikmaakten van de goedkope arbeidskrachten. Zijn vriend de monteur daarentegen mocht de hele dag in de garage blijven werken, omdat de Führers en de chauffeurs waardering hadden voor zijn grote vakmanschap.

Daniel liep achter zijn collega's aan. Bij het verlaten van de timmerwerkplaats, waar hij het gevoel had dat hij leefde, was het altijd alsof hij in een vreselijke nachtmerrie belandde, alsof hij verstrikt raakte in de kleverige tentakels van een monster. In plaats van alleen zijn nachten te kwellen begon de boze droom 's middags al en verdween de betrekkelijke rust die over hem kwam als hij met zijn vak bezig was. Hij kreeg weer het drukkende gevoel op zijn borst en vond 'zijn' viool net zo absurd als een rozenstruik in een varkenshof. Een viool in het Dreiflüsselager, een viool om te overleven. Wie weet.

Hij had zich onderhand aangewend niet meer verbaasd te zijn over welke onverwachte – en bijna altijd rampzalige – gebeurtenis dan ook. Er kon op elk moment van alles gebeuren: nog meer inschikken in de barak omdat er een paar extra stapelbedden werden neergezet voor nieuwe gevangenen, een stel Russen; geen eten krijgen omdat de vorige dag in de fabriek de productie niet was gehaald; ze kregen knollensoep waaraan op advies van de nieuwe arts, want Rascher was bevorderd, een rauwe wortel was toegevoegd; of 's morgens, meestal dinsdag of vrijdag, allemaal in een rij staan op de *Appellplatz*, dicht bij waar ze hem de zweepslagen gegeven hadden, verstijfd van kou en angst om doodstil getuige te zijn van het ophangen van een 'subversieve' gevangene, beschuldigd van communisme of spionage.

Hoewel hij alles dus even onlogisch als normaal vond, was hij verbaasd toen hij van de ene dag op de andere te horen kreeg dat hij een viool moest bouwen, 'met de kwaliteit van een Stradivarius' benadrukte de Unterstúrmführer, en zijn verbazing nam nog toe toen hij een heleboel gereedschap, hout en ander materiaal voor zijn neus kreeg, waaruit hij mocht kiezen wat hij nodig had. Hij vermoedde dat het in beslag genomen spullen waren, afkomstig uit een werkplaats van een Joodse luthier, een Duitser misschien wel, die wellicht dood was, vermoord. Er zat niets bij uit zijn eigen atelier in Krakau. Het was een bevel van de Sturmbannführer, werd hem verteld. Hij mocht niet de vragen stellen die hij, met inachtneming van alle voorschriften van het reglement, had durven voorleggen aan de tweede luitenant die hem het bevel had overgebracht.

'Nummer … 389 vraagt eerbiedig toestemming een vraag te stellen, meneer.' Hij sprak deze woorden nadat hij eerst in de houding was gaan staan en had gesalueerd.

'Afgewezen.'

Nog een geluk dat hij niet een schop toe had gekregen. De uitgestrekte arm wees naar de deur, en de tweede luitenant hoefde echt geen drie seconden zo te staan. Hij kon beschikken over een deel van de timmerwerkplaats voor hemzelf.

Hij werkte in stilte, bewaakt door de Oekraïense kapo, zonder dat hij vragen durfde te stellen, en ook vermeed hij het zichzelf vragen te stellen en tegen zijn kampgenoten iets te zeggen over zijn werk uit vrees dat hij scheef aangekeken zou worden. De commandant was nog niet één keer komen kijken. Daniel dacht dat hij misschien later meer te weten zou kunnen komen. De eerste dagen was hij niet erg opgeschoten, omdat hij eerst al het in beslag genomen materiaal, dat vol zaagsel, houtkrullen en spaanders zat, moest ordenen en selecteren. En ook omdat hij gewend was aan zijn eigen mesjes, beitels en schaven, aan zijn tangen, aan al het gereedschap dat als het ware naar zijn handen was gaan staan en dat keurig schoongemaakt blonk in zijn werkplaats, op de begane grond van zijn huis. Waar was de rust, de prettige orde, de rij violen die aan het plafond hing, de vertrouwde intimiteit, de stem van zijn moeder die boven neuriënd het huishouden deed – zijn moeder die in het getto aan tbc en honger was gestorven?

Het was hem zelfs niet toegestaan te vragen hoeveel tijd hij had voor de klus zonder straf te vrezen. Na een paar dagen merkte hij dat ze hem met rust lieten, dat de bewaker hem niet meer sloeg en Rascher niet terugkwam, dat opsluiting in de cel voor hem kennelijk niet meer aan de orde was. Slechts een ochtend was het weer raak, maar toen kreeg iedereen uit zijn barak een pak slaag – vanwege twee appels die stiekem waren binnengesmokkeld – en daarna moesten ze allemaal gewoon weer aan het werk. Desondanks werkte hij met groter vertrouwen, en zijn dag was nu in tweeën verdeeld. 's Morgens, als het appel zonder 'incidenten' was verlopen, als de honden niet hun tanden hadden gezet in het been van een gevangene vanwege een onschuldige of verdachte beweging, als slechts het beledigende geschreeuw had geklonken dat aan de orde van de dag was, kostte het hem geen moeite alle woede en de mist die hen omringde te vergeten en zich op zijn werk te concentreren. Soms welde uit de diepte van zijn geheugen een fragment op van een melodie, een flard van een oud gebed, Jevareheha Adonai, de woorden vloeiden naar zijn lippen, waar ze bijna stemloos wegstierven.

Vanmorgen, dacht hij, toen hij in de rij stond voor de middagsoep, was ik bijna gelukkig terwijl ik werkte aan het bovenblad, al kromp mijn maag af en toe samen van de honger. Maar zoals bij de meeste gevangenen kwamen ook bij hem op dat tijdstip herinneringen boven aan gerechten van vroeger. Als hij lang moest wachten zag hij een mooi gedekte tafel voor zich vol kosjer eten, dat zijn moeder zo lekker kon klaarmaken. Of de Pesachmaaltijd met de hele familie, ooms en tantes, neven en nichten rond de seiderschotel met de charoset, het bittere kruid waar hij nu van zou smullen, het ongezuurde brood, de hard-gekookte eieren; de wit-blauwgestreepte zijden doek die eroverheen lag ... Wat zou hij er niet voor overhebben om nu een hardgekookt ei te kunnen eten. Of liever nog, een lapje lamsvlees. Hij herinnerde zich de smaak van matse, het gistloze brood en de vreugde als hij het stuk vond dat ergens verstopt was en waarvoor hij een cadeautje kreeg. Hij wilde niet denken aan de liedjes, noch aan de drie heil-dronken. Hij zou al dik tevreden zijn met een paar lepels cholent – een schotel bereid met gerst, eieren, witte bonen en gans die een hele nacht had staan garen in de oven voor de hele gemeenschap en die hij als kleine jongen meer dan eens was gaan halen ...

Alle herinneringen verdwenen opeens toen hij de soep zag, de soep die ze elke dag kregen, behalve op donderdag, want dan kregen ze aardappels, die meer vulden. Hij wist wat hem te wachten stond: 's middags zouden de vijf of zes uur werken in de fabriek op slechts een kom waterige soep hem uitputten zoals elke dag, en ten prooi aan een doffe wanhoop dacht hij vaak dat hij de volgende dag niet meer de kracht zou vinden om op te staan. En zo was zijn dag als het gezicht van iemand na een ongeluk: bijna gaaf aan een kant en verbrand of vol littekens aan de andere kant.

Hij kon echter niet altijd de hele ochtend werken aan de viool. Soms werd er een instrument gebracht dat hij moest repareren, want de Vijanden hielden er, hoe vreemd het ook mag klinken, in dat kamp, net zoals in andere kampen, een klein orkest op na. Ook was er in het begin veel tijd gaan zitten in het selecteren en schoonmaken van alle spul-len die hij nodig had, want de dag nadat hem het materiaal gebracht was, hadden ze hem opgedragen apart te leggen wat hij niet kon gebruiken. Hij vermoedde dat ze het wilden verkopen. Hoe dan ook, hij verzekerde zich ervan dat hij genoeg onderdelen en hout overhield voor het geval hij iets opnieuw moest doen en voor eventuele reparaties. Er zaten een paar dingen bij die al helemaal af waren, gemaakt van prachtig hout, van dennen en esdoorn, een stuk of wat ebben eindknopjes. Hij hield twee strijkstokken – een moest worden opgeknapt, de andere leek gloednieuw – omwikkelde snaren en ook hout van sycomoor en esdoorn voor de inleg. Ook hield hij een stel stroken die al op maat gesneden waren voor de zijkant, al het gereedschap – er zat niets bij dat niet van pas kwam – en drie al afgewerkte stapels; hij had er liever te veel dan te weinig, het zou hem een hoop tijd besparen. De potten en dozen met elastieken, lijm, vloeistoffen en harskorrels bezorgden hem heel wat werk, maar ten slotte prijkten ze allemaal netjes naast elkaar, met het etiket goed zichtbaar. Toen hij klaar was vond hij het niet veel, het overtollige materiaal, maar gelukkig zei niemand er wat van. Zijn conclusie was dat alles uit de werkplaats van een professionele vioolbouwer kwam.

De dag dat het bovenblad klaar was om geschaafd te worden kostte het hem moeite zich te concentreren op het geestdodende werk in de fabriek; het instrument begon een obsessie voor hem te worden. Maar hij moest zijn hoofd erbij houden om niet ziek te worden en ook om het werkritme te volgen zonder de anderen op te jagen of juist het tempo te vertragen. De kapo, eveneens een Oekraïense gevangene, was de beroerdste niet, maar hij eiste een bepaalde productie en daar hield hij zich strikt aan. Zo nu en dan kwam het Monster in eigen persoon, of iemand anders van de kampleiding kijken, en deze bezoekjes betekenden meestal weinig goeds. Een keer eindigde het zelfs met de dood van een vermeende saboteur. Daniel vermoedde dat die mopperende machinebankwerker was aangegeven door een medegevangene van de afdeling, want hoe kon het anders dat ze rechtstreeks op hem af waren gestapt. En ze wilden niet het tumult van een openbare executie, misschien om niet de verrader bekend te hoeven maken: de commandant schold hem uit, schreeuwde een bevel tegen zijn twee assistenten, waarop de man naar buiten werd gesleept. Niemand zag hem ooit nog terug. In andere gevallen, wanneer het hun niet lukte het werk af te krijgen, werden ze de dag erna een half uur eerder naar de fabriek gebracht en moesten ze het zonder middageten doen. Dus werkte hij de hele middag hard door, ervoor wakend zijn handen niet open te halen, en hij dwong zichzelf tot aan de avond niet te denken aan de viool die hem zo dierbaar was geworden.

De volgende dag merkte hij pas voor het eerst, doordat hij de hele tijd zo geconcentreerd bezig was, dat de dagen begonnen te lengen, dat het niet meer zo koud en donker was wanneer ze in de rij moesten gaan staan voor het appel. Nee, nu onthulde het licht al vanaf de dageraad de sporen van hun lange slavernij: uitgeteerde gezichten, paarse kringen onder de ogen, oude kleren met vlekken in weerzinwekkende kleuren, vooral het geel, beurse plekken van vuistslagen en littekens op sommige gezichten. Waren ze het besef van tijd soms kwijt? Dagen als jaren, en maanden als dagen, alles vervaagde tot een wazige sluier.

Maar buiten het kamp, een eiland van een monsterlijke archipel, stond niets stil. Hij voelde een windvlaag die niet meer zo ijzig was, die weldadig was, als een streling in het land van haat. In de straat waar hij woonde in Krakau zouden binnenkort de zwaluwen zich weer laten zien. De lente, zei hij tegen zichzelf, zal uitbundiger bloeien dan ooit. Ze zal bloeien op de lichamen van duizenden doden.

Het was geen erg troostrijke gedachte, maar het was de waarheid. Hij vond de koffie bitter, de snee brood klein en karig, alsof die overpeinzing hem lichter had gemaakt. Na een paar minuten keek hij naar de hemel – hij had dat afgeleerd want altijd als hij dat deed was die vol wolken en mist – en hij zag grote blauwe plekken. Er werd met een stok hard op zijn rug geslagen omdat hij was blijven staan in de rij op weg naar de verschillende werkplaatsen. Ja, dacht hij opnieuw, een schreeuw onderdrukkend, de lente is in aantocht. En zal de aarde, bemest met onze doden, doen bloeien.

Met deze gedachte nog in zijn hoofd, en met een pijnlijke rug, ging hij de timmerwerkplaats binnen, maar hij vermande zich en begon onmiddellijk voor de laatste keer de randen van de viool glad te schuren. Hij rook aan het hout, pakte de mal die hij al klaar had liggen als steun voor het bovenblad en begon eerst met de kleine beitel – hij ging inmiddels helemaal op in zijn werk – heel voorzichtig de binnenkant af te steken. De stokslag, de gedachte aan de dood, het vooruitzicht van de lange uren in de fabriek – alles verdween alsof de geur van het hout een wind was die alle donkere dreigende wolken meevoerde. De bewaker at; hij kon gerust even stoppen. Vervolgens legde hij de kleine schaafjes klaar, drie, oplopend in fijnheid. Na er goed over nagedacht te hebben had hij besloten het middelste gedeelte van het bovenblad af te schaven tot een dikte van vier en een halve millimeter. Hij ging meestal hoogstens tot vijf millimeter, maar er was gevraagd een viool te bouwen 'met de kwaliteit van een Stradivarius', dus zouden de randen uitkomen op drie millimeter. Gezien de omstandigheden waaronder hij moest werken durfde hij het niet aan ze nog dunner te maken. De klank zou hoe dan ook vol zijn, naar de oude school van Mateusz Dobrucki, de meester-bouwer die net als hij uit Krakau kwam. Hij had een hekel aan violen en altviolen met dikke wanden, die de klank dof maakten. Met vaste hand bewoog hij de beitel over het hout, tegen de nerfrichting in zoals hem geleerd was door zijn vader – hij ruste in vrede – zonder dat er ook maar een spaander vanaf sprong. Stel je voor, zeg: hij zat al vanaf zijn veertiende in het vak! Het werd buiten steeds lichter en te oordelen naar wat hij had gedaan, moest het bijna twaalf uur zijn. Hij stopte even, mat opnieuw en was blij te constateren dat hij het goed had ingeschat: hij zat op zes millimeter. Nu moest hij verdergaan met het kleine schaafje, dat een stuk makkelijker werkte, vooral bij het gladmaken van de rondingen.

Opeens hoorde hij dat de deur ruw werd opengeduwd, maar hij keek niet om. Wie de inspecteurs of bezoekers ook waren, ze moesten hen al werkend aantreffen. Ook om hem heen bleef het schaven doorgaan, bleef hij de geur van houtkrullen ruiken, af en toe de klap van een hamer horen.

Onwillekeurig stopte het schaafje. Hij keek niet op, dat hoefde niet. Heer, zorg dat ik niet verlam, dat ik het niet verpruts. Ondanks het eeuwige lawaai in de werkplaats, dat hem niet stoorde, had hij de twee stemmen herkend, die pijn deden aan zijn oren alsof er een brandstempel in zijn huid werd gedrukt. De hardste en grofste was van Sauckel. De andere stem was van Rascher.

Hij had het idee dat iedereen zijn hart kon horen bonzen, maar zijn hersenen werkten op volle toeren. Ze waren nog ver van zijn plek, die enigszins afgezonderd lag. Hij legde het bovenblad voorzichtig op de tafel waar hij het fijnste werk deed en liep naar de werkbank; hij pakte een stuk esdoornhout, dat al op maat was gezaagd voor de hals. Hij wierp een goedkeurende blik op de mooie vlam, die van boven naar onder liep, en begon te schaven. In een flits had hij bedacht, dat kan ik bijna zonder erbij na te denken, dat kan ik doen terwijl Rascher met zijn koude ogen op mijn vingers kijkt. Het ritme van de schaaf kalmeerde zijn angst; ze stonden inmiddels voor hem.

'Hoe staat het met de viool?'

Tot zijn verbazing hoorde hij in de stem van de commandant geen enkele spot of hoon. Het leek of hij op natuurlijke toon sprak, als een nieuwsgierige klant. Het lukte Daniel te antwoorden zonder te beven.

'Goed, meneer.'

Ondertussen ging hij door met zijn werk want je wist het nooit zeker: soms was hij geslagen omdat hij niet in de houding was gaan staan toen het woord tot hem werd gericht, en andere keren, als hij het wel had gedaan, had hij ook slaag gekregen omdat hij was gestopt met waarmee hij bezig was. Maar nu bleven klappen uit en terwijl hij bleef schaven zag hij hen vanuit zijn ooghoek staan. Geboeid keken ze toe toen hij met winkelhoek en liniaal de maat nam, en ze leken tevreden toen ze zagen hoe de vlammen van het hout steeds duidelijker zichtbaar werden. Gingen ze dan nooit weg, die rotzakken. Hij was voorlopig klaar met schaven en moest nu het sjabloon pakken om de vorm van de hals af te tekenen: de ronding aan het uiteinde, dat alles moest getekend worden met een stippellijntje, zelfs de spiraal van de elegante krul. Hij zou het niet rustig kunnen doen met die vier ogen gericht op zijn handen – die tot dan toe hun kracht hadden behouden. Ten slotte hoorde hij de mannen weglopen en zijn hele lijf ervoer een bijna heftig gevoel van opluchting, zoals wanneer je ziek bent en opeens de koorts zakt. Alle opgehoopte spanning viel ineens van hem af. Hij liep naar de werkbank, legde de hals neer en veegde met zijn hand het zweet van zijn voorhoofd.

Toen pas merkte hij pas hoe bang hij was geweest; zijn knieën knikten en hij likte over zijn lippen, die net zo droog waren als zijn keel. Hij steunde op de tafel, haalde diep adem; hij wilde niet vragen of hij even naar buiten mocht, want dan kwam hij het stel misschien weer tegen. Hij had de indruk dat hun bezoek zo lang had geduurd dat op elk moment de sirene zou kunnen gaan. Hij moest weer aan het werk, niet de aandacht trekken van de bewaker door een te lange rustpauze – een paar minuten, meer niet.

Al met al, oordeelde hij, heeft het bezoek geen kwalijke gevolgen gehad, ze hebben niemand van mijn werkplaats geslagen of gestraft; deze gedachte kalmeerde hem enigszins. Rustiger nu pakte hij de passer en het kleine meetlint met millimeterverdeling om de dikte van de welving te meten, vervolgens ging hij verder met schaven, nu met het allerkleinste schaafje. Wat een geluk dat mijn vader – hij ruste in vrede – mij het vak zo goed heeft geleerd! Hij keek tevreden naar het resultaat. De volgende ochtend zou hij beginnen met het verstevigen van de verbinding tussen de twee delen door middel van diamantjes, kleine, nageldunne strookjes hout, vervolgens zou hij de hele binnenkant gladschuren en de randen afwerken.

Hij streek met zijn hand over de subtiele ronding aan de zijkant van het bovenblad, want hij vertrouwde evenzeer op zijn tastzin als op de passer – er bestond geen fijner gereedschap dan zijn vingers. Tot zijn verontrusting merkte hij dat ze door het werk in de fabriek minder gevoelig waren geworden en dat er eeltplekken op zaten.

Maar daar liet hij zich niet door ontmoedigen en de sirene verraste hem terwijl hij de zijkanten van het bovenblad streelde, zoals hij uit pure wanhoop Eva had omarmd op de dagen dat ze het getto binnenvielen.

De inspectie bleek toch niet voor alle werkplaatsen gunstig te zijn afgelopen, dat begreep hij toen hij zag hoe twee kapo's achter een van de *führers* aan liepen en tussen hen in een gevangene meevoerden. De man werd naar een van de donkere cellen gesleept in een vreemde stilte die slechts werd verstoord door angstig gemompel. De jachtpartij kon niet eindigen zonder dat een van de helden, alsof er vogellijm aan zijn stok zat, een prooi had weten te bemachtigen.

# V

AH, ONZE MUSICI ZIJN DE HANDEN AFGEHAKT.
DE MOND VAN ONZE ZANGERS
IS DICHTGENAAID MET IJZERDRAAD.
DE ZOET GESTEMDE VIOOL LIGT OP DE GROND
ALS EEN ONBEWEEGLIJKE WIEG DIE HET KIND HAD
MOETEN WIEGEN — MAAR ZE HEBBEN HET GEDOOD
VOORDAT HET TER WERELD KWAM.

Yannis Ritsos, *Boodschappers*

# Lijst van kleren en andere voorwerpen geleverd door de Concentratiekampen van Lublin en Auschwitz. (Fragment)

Aan het ministerie van Economie van het Reich

| | |
|---|---|
| *Gedragen herenpakken* | |
| *(exclusief lijfgoed en overhemden)* | *97.000 stuks* |
| *Gedragen jurken (idem)* | *76.000 stuks* |
| *Zijden damesondergoed* | *89.000 stuks* |
| *Totaal aan wagons* | *34* |
| | |
| *Vodden: 400 wagons* | *2.700.000 kilo* |
| *Eiderdons: 130 wagons* | *270.000 kilo* |
| *Vrouwenhaar: 1 wagon* | *3.000 kilo* |
| *Oud materiaal: 5 wagons* | |
| | |
| *Totaal* | *2.973.000 kilo* |
| | *536 wagons* |
| | |
| *Totaal aan wagons* | *570* |

De nieuwe kapo, een grotere sjoemelaar dan zijn voorganger, stopte hem stiekem een pot zalf toe waarvan Daniel hoopte dat die zijn handen zou genezen. Als smeergeld had hij een voor een de sigaretten gespaard die Freund hem gaf. Freund kreeg ze op zijn beurt in betrekkelijke grote hoeveelheden van de chauffeurs. Het was een paar weken na het bezoek van de commandant en Rascher, en op die dag, die o zo traag vergleed, vond er wellicht op bevel van hogerhand een medisch onderzoek van alle gevangenen plaats, uitgevoerd door de arts met de kille ogen. De führers die het in het kamp voor het zeggen hadden, de Zwijnen, zoals Freund zei, noemden het de 'voorjaarsschoonmaak' – misschien omdat de winter al een deel van het werk had gedaan.

Toen Daniel eenmaal op de brits lag, nadat hij zijn handen met flink wat zalf had ingesmeerd, bedacht hij dat hij zich gelukkig mocht prijzen dat hij goed door het onderzoek heen was gekomen. Deze keer bestond dat niet slechts uit een onverschillige blik, zoals wanneer een gevangene lijfstraf kreeg. Aangezien het een klein kamp betrof, hadden ze alles in een dag kunnen doen. Poedelnaakt was hij gewogen, beluisterd, ruw beklopt, net als alle anderen gedwongen kniebuigingen te maken – en geschikt bevonden om door te werken, niet om afgevoerd te worden naar het slachthuis, naar het kamp des doods en de zwarte walm. Ze hadden de 'gezonde' gevangenen ongewoon vroeg in de barakken opgesloten. 's Avonds lag hij lang wakker terwijl de anderen sliepen – of deden alsof om niet te hoeven praten, om geen commentaar te hoeven leveren op de afschuwelijke selectie – en hoorde hij heel duidelijk het geluid van de vrachtwagens die te vroeg terugkeerden. Ze zijn dus niet naar een ander *lager* gebracht, dacht hij, want in die korte tijd hebben ze niet naar Auschwitz-Birkenau en weer terug kunnen rijden. Ze moeten al dood en begraven zijn, naakt, zonder lijkwade, zonder afscheid, hier vlakbij, op een open plek in het bos, dicht bij het kamp van de drie rivieren. De gesmoorde, wanhopige kreten die 's avonds door de dunne houten wanden drongen hadden hem duidelijk gemaakt dat maar heel weinigen de schandalige leugen hadden geslikt dat ze naar een ziekenhuis zouden worden gebracht – ook al hadden ze zich weer moeten aankleden. Hij had het gebed voor de doden willen bidden maar kon het niet, want toen hij de kinderen had gezien die de dood tegemoet gingen, was het alsof zijn hart bevroor. Hij porde zijn vriend wakker.

'Heb je dat motorgeronk gehoord? Dat waren toch vrachtwagens, hè?'

Ja, dat waren vrachtwagens, bevestigde Freund, klaarwakker.

'Ze hebben er niet lang over gedaan! Je hebt me niet wakker gemaakt, ik sliep niet.' En hij vervolgde: 'Ze hebben ze niet doodgeschoten, de klootzakken, de vuile moordenaars. Ik had er al een vermoeden van, wat ze van plan waren, want er moesten twee Sauers – vrachtwagens – met kapotte remmen gerepareerd worden. Vervloekt zijn ze, allemaal, en ik ook, want ze dwongen me mee te helpen, smerige schoften!'

Zijn stem brak door een onderdrukte snik.

Een verdere verklaring was overbodig. Ook bestonden er geen woorden van troost, dus zwegen ze allebei. Het was dus waar, het gerucht dat de ronde deed in het kamp over de vrachtwagens des doods, een gerucht waarvan niemand de herkomst wist en dat zich verspreid had als een epidemie. Daarom waren die wagens dus zo vaak kapot, omdat ze slechte, onverharde wegen insloegen zonder dat de vracht uitgeladen werd, om tumult en vluchtpogingen te vermijden. Opgesloten in de laadruimte, als ratten in de val, werden de zieken snel uit hun lijden verlost door de uitlaatgassen van de dieselmotor wanneer de chauffeur, die daarna beloond werd met een dubbele hoeveelheid drank, langdurig het gaspedaal ingedrukt hield; ook de kinderen werden zo in een klap bevrijd uit het verraderlijke web van hun jeugd. Terwijl dit alles door hem heen ging, had Daniel van woede wel op zijn vuist willen bijten, maar zelfs dat nutteloze gebaar kon hij zich niet veroorloven wilde hij overleven.

Hij had het idee dat hij net sliep toen de sirene aankondigde dat er ondanks alles een nieuwe dag aanbrak. Het tellen duurde die ochtend korter – sommigen van hen telden de doden. De mistflarden werden schaamteloos door de zon verdreven en het leek of de wind de namen van de vermoorde gevangenen naar het niets meevoerde.

Niet iedereen had hen vergeten; de meedogenloze machinerie die op volle toeren draaide en hen gevangenhield en uitdunde, had hen al bijgeboekt en de passende orders waren binnengekomen bij de intendance van het kamp. Er was dus, stelden ze vast, geen enkele snee brood extra en ook was de koffie, of wat daarvoor moest doorgaan, niet sterker dan anders. De lijsten werden snel bijgewerkt in afwachting van nieuwe ongelukkigen die de lege plekken op de britsen, in de werkplaatsen en bij het appel zouden innemen. Ze zouden echter niet allemaal aankomen: in het *lager* wist men dat in het getto van Warschau velen verzet pleegden en de weg van opstand en dood hadden gekozen.

Freund ging zachtjes kreunend terug naar de garage waar hem vast meer werk wachtte dan ooit. Hij moest aan de slag met hetzelfde lege gevoel in zijn maag als elke ochtend, maar nu ook met een bittere smaak in zijn mond. De luthier ging moedeloos de werkplaats binnen; wie voorgoed ontbrak was de oudste van zijn collega's, een timmerman die al dagen hoestte. Noch bij het zien van 'zijn' gereedschap, noch toen hij zijn werk bekeek, waarmee hij al een flink eind opgeschoten was, lukte het hem aanvankelijk zich te bevrijden van de druk op zijn borst en het brok in zijn keel. Het leek of hij minder kracht had in zijn armen, of zijn handen langzamer waren geworden. Ik moet de herinnering aan gisteren uitbannen, dacht hij, ik heb geen tijd om stil te staan bij degenen die er niet meer zijn als ik hen geen gezelschap wil gaan houden onder de berken. Beetje bij beetje, terwijl hij de dingen deed waaraan hij gewend was, geholpen door de aangename geur van het hout, hervond hij een zekere kalmte en werd het gevoel een strop om zijn nek te hebben minder. De krachtsinspanning die hij de dag ervoor tijdens de dertig kniebuigingen had moeten leveren – op zichzelf niet buitengewoon – betekende in zijn verzwakte toestand een aanslag op zijn gestel en was nog voelbaar; daarentegen waren zijn handen zachter geworden. De zalf had geholpen, dacht hij. Een onverwachte kou tijdens de laatste dagen, windvlagen uit Rusland gedurende het appel, had ertoe geleid dat zijn handen vol kloofjes zaten. Vandaag voelden ze beter aan, en dat werd tijd ook. Hij leefde met een niet ongegronde hoop: ze zouden hem vast laten leven zolang het instrument nog niet klaar was; hij had begrepen dat de commandant violen verzamelde, en de man zou hem vast niet naar de steengroeve sturen als die handgemaakte viool, gebouwd in het kamp, een rariteit

82

die zijn ijdelheid zou strelen, nog maar half af was. Maar hij kon ook niet treuzelen, want dan zou hij met de zweep krijgen wegens werkonwilligheid of sabotage. Zelfs zijn vriend, die ze toch erg nodig leken te hebben, had een hele week in de cel gezeten omdat het gereedschap waarmee hij een reparatie moest uitvoeren kapot was gegaan!

Hij werkte dus in zijn eigen tempo door, zo veel mogelijk in het ritme dat hij kende in gelukkiger tijden, toen hij nog in zijn werkplaats in Krakau violen bouwde. Het mocht een wonder heten dat hij de hals al af had, die prachtig was geworden, net als het bovenblad, waarop vandaag de stapel gemonteerd moest worden – een precisiewerkje. Hij wilde het 's ochtends af hebben, zodat hij die zondagmiddag rustig zijn kleren een beetje kon wassen: het was de enige rustpauze in de hele week. Hij keek goed hoe de nerven van het stukje vurenhout liepen en plaatste de stapel zo dat ze precies aansloten op die van het blad; hij controleerde de positie, enigszins schuin, in de richting van de laagste snaren. Hij bekeek het resultaat tegen het licht om er zeker van te zijn dat de stapel goed stond ten opzichte van de binnenkant van de ronding. Nu wist hij precies hoe hij hem moest lijmen, op welke punten hij druk moest zetten. De houten klemmen, bekleed met vilt, die de stapel op zijn plaats moesten houden, lagen al klaar. Toen de vijf klemmen waren vastgezet stond hij zichzelf een rustpauze toe, hij moest toch wachten tot de lijm droog was. Hij had de overtollige lijm al weggeveegd en het was te laat om nog aan een nieuw onderdeel te beginnen. De bewaker, die de eerste weken dat hij in het kamp was geen gelegenheid voorbij had laten gaan om hem te slaan, liet hem nu meestal met rust, en ook schold hij hem niet meer uit, tevreden als hij was over die gevangene die in stilte werkte, die bijna nooit toestemming vroeg om naar de latrines te gaan, die geen problemen veroorzaakte en niet smiespelde met de andere timmermannen. Hoe dan ook, hij kon maar beter geen risico nemen en dus liet hij het bovenblad niet los en deed hij of hij iets aandrukte, zittend op het krukje dat hij zelf gemaakt had.

Hij wilde niet denken aan de vreselijke selectie van de dag ervoor; hij leidde zijn geheugen, alsof het een makkelijk te hanteren instrument was, naar Regina, het meisje met haar blauwe ogen dat hij zo vaak had opgepakt toen zijn armen nog sterk genoeg waren om haar in de lucht te gooien en op te vangen, terwijl zij het uitschaterde van plezier. Hij vond troost bij de gedachte dat ze relatief veilig was, hoewel hij verder niets meer over haar had vernomen. Contact met hem zoeken was gevaarlijk en dat risico wilden ze niet nemen. Zijn nicht, die bijna van arische afkomst was, had zelf twee al wat grotere kinderen, en ze moesten allemaal dol zijn op het kleine meisje. Hij herinnerde zich dat haar grootvader imker was en een moestuin had, dus aan eten zou vast geen gebrek zijn. De paarse kringen rond haar holle hongerogen zouden inmiddels wel verdwenen zijn.

Het was goed niet stil te staan bij de doden, het was beter te denken aan Regina, en een beetje aan Eva, die het tamelijk goed had zolang ze in de fabriek van Tisch werkte. Zijn werk kalmeerde hem en dat deed hem goed, hoewel hij na verloop van dagen begon te merken dat zijn krachten afnamen. Nu ademde hij vrijer, dankbaar voor de zonnestraal die binnenviel door het glasloze raam, waarvoor hij een groot stuk doorschijnend papier had geplakt. Hij keek naar de bewaker verderop, die zonder op hem te letten, wachtend op zijn middagmaal, alvast wat nootjes en rozijnen zat te eten die hij ergens moest hebben bemachtigd.

Daniel snakte naar de hazelnoten die de bewaker luidruchtig en ostentatief vermaalde als om hem en de anderen lekker te maken, maar tegelijk was hij er blij om, aangezien hun nu tenminste een moment van rust en kalmte werd gegund.

Hij had werkelijk geluk. De timmerman die vlakbij werkte liep naar hem toe en stootte hem stiekem wakker; het was nog niet eerder gebeurd maar 's nachts hadden de terugkerende vrachtwagens hem uit zijn slaap gehouden en nu was hij van pure vermoeidheid naast de viool met zijn hoofd op tafel ingedommeld. Gelukkig had verder niemand het gemerkt of in elk geval had geen van de anderen er iets van gezegd tegen de kapo – want soms klikte men om een wit voetje te halen.

Dat zal me niet nog eens overkomen, in slaap vallen onder het werk, nam hij zich voor. Sinds een paar dagen had hij een duidelijker idee wat er op het spel stond. Bronisław, de violist met wie hij bevriend was sinds hij had geprobeerd hem te behoeden voor straf, alsof ze niet allebei even weerloos waren en met lege handen stonden, had het hem verteld. Ze hadden de musicus weliswaar opgesloten, maar hij was ontsnapt aan de zweepslagen en aan de 'voorjaarsschoonmaak'. Hij werkte nu in de keuken waar hij de hele dag moest helpen als hij niet in het orkest of met het trio voor de commandant moest spelen. Met zijn scherpe gehoor probeerde hij als hij in de buurt van de Vijanden was zo veel mogelijk van hun gesprekken op te vangen.

Beiden dankten hun leven, vertelde hij Daniel, aan de gast met de meelevende ogen, een vriend van Tisch die Schindler heette en een goede goj was. Maar nu was hij weg, en niet meer teruggekomen. Hij had ver weg een fabriek. Rascher, ook al werkte hij in een ander *lager*, was een trouwere maar ook een verontrustender bezoeker. Hij beroemde zich erop dat het Grote Zwijn zelf, Himmler, de Reichsführer van de ss, hem had gefeliciteerd met de wrede experimenten die hij had uitgevoerd op onderkoelde gevangenen.

'Zorg ervoor dat de viool perfect wordt. Ik weet dat je het kunt! Ik denk dat Sauckel er veel belang aan hecht, want hij is een verwoed verzamelaar van instrumenten. Ik stel me zo voor dat hij er heel wat moet hebben geroofd! Maar wat jouw viool betreft, daar heeft hij met Rascher, die perverse rat, een weddenschap over afgesloten.'

'Heb je dat goed verstaan?'

'Niet alles, want je weet dat ze niet willen dat we te dicht-bij komen, maar ik ving op dat de arts, de Tiran, een kist bourgogne moet geven als je de viool binnen een bepaalde tijd af hebt en hij goed klinkt.'

Hij zweeg even, en vervolgde toen langzaam, alsof hij met tegenzin sprak: 'Het vervelende is dat Rascher, die moordenaar, helemaal niet van wijn houdt. Hij heeft genoeg aan bier.'

'Wat wil je daarmee zeggen?'

Bronisław wist het niet zeker, maar hij vermoedde het, door bepaalde woorden die hij had gehoord. Daniel moest het uit hem trekken. De arts wilde geen dingen maar mensen, levende have, dat was duidelijk genoeg gebleken. Hij vreesde dus dat de prijs van de weddenschap de luthier zelf was. Een kist wijn tegen Daniel, die, als de commandant verloor, naar het kamp zou gaan waar Rascher nu werkte.

Goed beschouwd was het vanuit het gezichtspunt van de Zwijnen een hoge prijs voor een *Untermensch*.

# VI

LIJDEN LIJKT OP EEN GROTE RUIMTE:
HOE HET BEGON ZOU IK ME NIET KUNNEN
HERINNEREN, NOCH OF ER OOIT
EEN DAG ZONDER WAS GEWEEST.


Emily Dickinson

# Schrijven gericht aan Himmler over het gebruik van het goud uit de gebitten van dode gevangenen – 1942

Hoofdkantoor Administratie en Economie
dossier nr. 892/42 secr.

Aan de Reichsführer van de ss

*Reichsführer!*

*Het goud afkomstig uit de gebitten van de dode gevangenen is overgedragen aan het Kantoor Gezondheidszorg zoals U hebt opgedragen. Het goud kan gebruikt worden voor gebitsbehandelingen van onze mannen.*
*ss-Oberführer Blaschke beschikt inmiddels over een hoeveelheid van 50 kilo goud: dat dekt de te voorziene behoefte aan edelmetaal voor de komende vijf jaar.*
*Ik verzoek U te bevestigen dat we in het vervolg het goud afkomstig van de doden van de diverse concentratiekampen mogen overdragen aan de Reichsbank.*

*Heil Hitler!*
*Frank*
ss-Brigadenführer en generaal-majoor van de Waffen-ss

# Fragment uit een verklaring van het IG Farben-proces in Neurenberg.

*De vernederingen waaraan de gevangenen werden onderworpen door de kapo's waren verschrikkelijk. Ik hoorde van Walther Dürrfeld of van ingenieur Faust dat er gevangenen werden doodgeschoten wanneer ze probeerden te vluchten.*

*Ik wist dat de gevangenen geen enkele beloning kregen. Begin 1943 voerde IG Farben een prestatiesysteem in waardoor de gevangenen, als ze hun productiviteit verhoogden, de mogelijkheid kregen iets te kopen in de kantine.*

*Het totale bedrag dat we in twee en een half jaar voor de gevangenen aan de ss betaalden bedroeg 20 miljoen mark.*

EVEN WAS DANIEL als verlamd, met stomheid geslagen probeerde hij de betekenis te vatten van de woorden die hortend, met tegenzin, uit de mond van de musicus hadden geklonken. Hij slikte alsof hij een bitter medicijn had ingenomen, vervolgens zei hij: 'Zolang ik leef laat ik me daar niet naartoe brengen!'

Er ontsnapte hem een kreet, die maakte dat een paar gevangenen hun hoofd naar hem omdraaiden, en voordat hij nog een kreet zou slaken en een kapo naar hen zou kijken, legde de violist zijn hand op zijn mond, omhelsde hem vervolgens en liet zijn vriend zijn gezicht begraven in het rafelige jasje van zijn gevangenenpak. Zijn makker had de laatste maanden al veel moeten verdragen en Bronisław dacht dat alleen een veel hardere schreeuw, een woest gebrul, hem tot rust zou kunnen brengen. Maar dat mocht niet gehoord worden, en het was goed dat de angst beetje bij beetje wegvloeide in de armen van een vriend, ver weg van blikken vol verachting die de smart alleen nog groter maakte.

Na een kort moment, dat wel een eeuwigheid leek, maakte Daniel zich met moeite maar met droge ogen los uit de omarming, waarna zijn vriend zachtjes tegen hem sprak, heen en weer lopend in de hoop dat daar een kalmerende werking van uitging.

'Je zult er ook helemaal niet naartoe gaan. Luister: de fabrieken kunnen nu geen arbeidskrachten meer missen. Het begint de vervloekte Moordenaars tegen te zitten. Je zult hieruit komen, dat weet je. Ik ken je vakmanschap, via de eerste altist van mijn vroegere orkest. Je hebt voor hem gewerkt.'

Bronisław sprak overtuigend en Daniels angst ebde weg, bovendien wilde hij het geloven. Er zat niets anders op.

'Jouw viool zal de mooiste klank hebben die men zich kan wensen en ik zal hem bespelen! Dat moet en daar zullen we voor zorgen.'

De stem van zijn vriend werkte als zalf op een wond. Toen hij gekalmeerd was, spraken ze er op een bijna objectieve manier over; de moeilijkheid had niet te maken met de hoge eisen die aan het werk werden gesteld, daar was hij helemaal niet beducht voor, zei hij. Het probleem, daar waren beiden het over eens, was dat ze niet wisten wat de afgesproken termijn was.

En niemand kon of wilde het hun vertellen want de musicus kon niet vragen of laten merken – vooral dat laatste – dat hij op de hoogte was van de vernederende weddenschap. De gevolgen konden vreselijk zijn, en hij, dat moest hij erkennen, was niet iemand die dat aan zou kunnen.

Van een ding was hij bijna zeker – voor zover dat mogelijk was in het rijk der verschrikking: zolang de luthier nog bezig was aan de viool zouden ze hem laten leven in het Dreiflüsselager en niet doorsturen naar Auschwitz of Płaszów, zouden ze hem elke ochtend laten werken. Velen hadden minder geluk – hoe weinig dat 'geluk' ook voorstelde. Ze spraken af er met niemand over te spreken, zelfs niet met de monteur, een goede vriend maar ook een flapuit, en ook niet met de andere twee musici. Bronisław raadde hem aan niet al te snel te werken, hoe moeilijk het ook zou zijn, want stel dat hij zijn handen zou verwonden of dat het instrument niet goed zou lukken: als door een defect de klank niet naar behoren was zou alles verloren zijn. Hij was ervan overtuigd dat als de viool goed zou lukken – en waarom zou dat niet zo zijn? – de commandant nooit van zijn leven Daniel aan de arts zou uitleveren, er waren nog genoeg andere kampen, een heleboel andere slachtoffers; tenslotte was het zijn *lager* en was hij er de baas.

Hij was hoger in rang dan Rascher, ging de musicus verder, dat had hij opgemaakt uit de manier waarop ze elkaar begroetten, en hij hield er niet van als zijn gezag werd ondermijnd. En er was nog iets wat Daniel erg overtuigend vond, namelijk dat de dokter geen verstand van violen had en Sauckel wel, en hij was sluw genoeg om een termijn te hebben vastgesteld die aan de ene kant niet ongeloofwaardig was en hem aan de andere kant verzekerde van een kist bourgogne, daar kon hij zeker van zijn!

'En jij, hoe speel je het klaar om te studeren?'

'Dat gaat bijna niet, ik werk de hele dag in de keuken. Moet je kijken hoe mijn handen eruit zien! Maar het is er in elk geval warm. De zomer maakt me bang.'

Hoe dan ook, na het eten, voordat ze zich opsloten in de barak, grepen ze altijd de gelegenheid aan om nog even met zijn drieën te studeren. Het stelde niet veel voor, maar zo goed en zo kwaad als het ging probeerden ze hun vingers 'in vorm te houden'. Hij besloot: 'Vandaag bijvoorbeeld hebben we krap aan een half uur, ik moet ervandoor.' Hij liep langzaam met onzekere tred en spijt in zijn hart weg, nagekeken door Daniel met een blik vol dankbaarheid, totdat hij verdween in de barak. Wat had zijn vriend hem goed begrepen en getroost!

Ze hadden gelegenheid gehad de kwestie uitgebreid te bespreken, want met het aanbreken van de lente werden de avonden langer en ze hoefden nu pas om negen uur de barakken in. Het gesprek had de vioolbouwer opgebeurd en hij sliep hoopvol gestemd in, met het vaste voornemen de viool af te maken. Vandaar dat hij niet schrok toen na twee dagen, of misschien waren het er drie, een kapo die hij niet eerder had gezien naar hem toe kwam in de werkplaats. Hij dacht dat hij naar het huis van de commandant zou worden gebracht en hij had bijna gevraagd, terwijl hij zijn gereedschap neerlegde, hoeveel tijd hij nog had om het instrument af te maken; ik zal het zo doen, dacht hij, dat ik geen verdenking wek, alsof hij hem nodig heeft voor een concert. Maar daar ging het niet om.

'Vlug, naar de kledingwerkplaats', werd hem bevolen. En omdat hij bleef staan duwden ze hem voort: *'Schnell, schnell!'*

Met de moed in zijn schoenen liep hij achter de man aan. Als ze ook nog gingen beknibbelen op de tijd dat hij aan de viool mocht werken, zou hij het instrument zeker niet op tijd afkrijgen. En wat moest hij in de kledingwerkplaats doen? Hij kon niet strijken en naaien zoals de kleermakers; het enige wat hij kon bedenken was dat hij moest meehelpen wassen: de kleren van de doden werden voor hergebruik eerst gereinigd.

Al vele maanden had hij niet meer van dichtbij een mooie, stevige meid gezien, en hij keek geboeid naar het lichaam van die vrouwelijke ss'er die met een – overbodige – knuppel in haar hand toezicht hield op de groep bleke, magere vrouwen en meisjes die de kleren sorteerden en een hele berg schoon goed streken. In een oogopslag zag hij dat er ook kinderkleren tussen zaten: van de weinige kinderen die het kleine kamp hadden overleefd, voor de selectie. Op een andere hoop lagen de kleren die te gehavend waren om nog genaaid te kunnen worden en vast bestemd waren voor de papiermolen. Daniel wist dat alles gebruikt werd. Bij de groep 'gezonde' gevangenen was niet naar het gebit gekeken: degenen die in de rij zieken stonden moesten zich wel laten inspecteren door een tandarts die naast zich een tafeltje had met penseel en verf. Na de dag van de 'schoonmaak' begrepen ze dat de veeg olieverf op het naakte lijf aangaf dat diegene goud in zijn mond had.

Ze hadden hem niet laten halen om kleren te wassen. Met nog drie andere gevangenen werd hij naar een kleine kleermaker gebracht die hun maten nam en hen betrekkelijk nieuwe kleren liet aantrekken; tegen de bewaker zei hij dat ze de volgende dag de kleren konden passen. Ze begrepen er niets van. Niet dat ze geen kleren nodig hadden, want wat ze aan hun lijf hadden was zo oud en dun dat het de afgelopen winter nauwelijks enige bescherming had geboden tegen de kou: heel wat gevangenen waren bezweken aan longontsteking. Maar waar ze absoluut niet bij konden was dat men de moeite nam hen van fatsoenlijke kleren te voorzien. Ze hadden het er met elkaar over toen ze de 'kleermakerij' verlieten maar ze kwamen er niet uit. Iemand opperde dat ze misschien zouden worden doorgestuurd naar een kamp in het noorden, waar het kouder was, want het jasje dat hij had gepast was dik, goed gevoerd, maar dat was een absurde theorie. Sinds wanneer bekommerden de Zwijnen zich om hun gezondheid?

Hij liet het er dus maar bij zitten, en met een meubelmaker die ook naar het kledingmagazijn was meegenomen keerde hij terug en ging weer aan het werk zonder er nog langer zijn hoofd over te breken.

De volgende dag moesten ze schoenen en de vermaakte kleren aantrekken en verscheen een van de – vanwege zijn wreedheid – meest gevreesde Untersturmführers, samen met een jonge ss-vrouw; ze vielen 's morgens toen het nog niet eens helemaal licht was plotseling binnen, en veranderden hier en daar wat, waarna de twee gevangenen met hun nieuwe kleren te verstaan werd gegeven dat ze moesten doen wat hun gezegd werd zonder vragen te stellen. Een van de bevelen was echter moeilijk uit te voeren: toen ze er eenmaal uitzagen zoals de Untersturmführer wilde, met een gegrimeerd gezicht, en ze zogenaamd in alle vrijheid aan het werk waren, zei de ss'er: 'Glimlachen, of anders zullen jullie de aardappels onder de grond zien groeien.'

Dat was de gangbare uitdrukking voor de doden: het was geen grap, ze wilden foto's voor propagandadoeleinden en hadden zelfs een geheel in scène gezette documentaire gemaakt. 'De bewoners van kampen werken naar tevredenheid' was het motto of 'Ieder verricht de arbeid die hij prettig vindt'. Een golf van woede overspoelde Daniel en hij voelde zijn gezicht rood worden onder de laag schmink. De ss'er grijnsde en zwaaide met zijn stok: voordat hij op hen neerkwam glimlachten beide gevangenen – als je dat tenminste glimlachen kon noemen, met uiteengeweken lippen en van angst wijd opengesperde ogen. De jonge vrouw nam foto's van hen in verschillende poses, en ze bleven alleen gespaard voor slaag in ruil voor de imitatie van een wrange glimlach.

'Kleed je uit.' De fotografe en de man wezen lachend naar hun sterk vermagerde lichamen.

Zwijgend trokken ze hun oude kloffie weer aan. Ze waren ontkomen aan straf maar dat was dan ook alles, zelfs een warm kledingstuk mochten ze niet houden. Opnieuw met de vodden aan en op het soort klompen dat ze altijd droegen, keerde hij naar het werk terug. Daniel kon zich nauwelijks nog beheersen, zijn handen trilden van verontwaardiging – hij was vernederd en had de Vijand bovendien een glimlach moeten bieden. Hij wist niet hoelang hij het nog zou volhouden, werken in die omstandigheden,

ook al was hij jong en was zijn levensdrift nog niet uit-
gedoofd. Tot zijn grote verbazing kwam de bewaker naar
hem toe en bood hem de rest van zijn glas bier aan! Hij
vond dat stel dus ook zijn vijanden, en die komedie van
de foto's stuitte hem tegen de borst. Daniel dronk gulzig
en bedankte; vervolgens drukte hij de bewaker twee, drie
keer stevig de hand. Ten slotte lukte het hem het trillen te
beheersen.

Zijn gedachten gingen weer naar de viool. De voor-
gaande dagen had hij de onderkant en de ribben gemaakt,
en nu tikte hij met een heel klein hamertje op de klosjes van de mal om het blad te verlijmen. Aangezien hij zo
voorzichtig was geweest slechts twee druppeltjes lijm te gebruiken, kon hij het onderblad al vrij snel probleemloos
loshalen. Dat verzoette enigszins de bittere ervaring van de
fotosessie; hij haalde diep adem en was tevreden toen hij
die volmaakte vorm in zijn handen had. Hij had zich niet
gewaagd aan experimenten, de buitenmaten waren exact
de standaardmaten, de maten die altijd werden gebruikt en
die hij uit zijn hoofd kende; hij mat ze opnieuw na: lengte
355 millimeter, de borsten (zoals men zei) 165, de taille 115,
de dijen 205. Hij kon zich er niet van weerhouden zijn ge-
liefde instrument te strelen, de viool die hem wellicht het
leven zou redden als het hem gegeven was alles te voltooien
wat nog gedaan moest worden: de randen, de afwerking
van de hals, de stemknoppen, de stapel … zo veel dingen,
en vooral het vinden van de juiste samenstelling van de lak
voordat het instrument in elkaar gezet kon worden.

Maar zover was het nog lang niet; hij vond het bijna jam-
mer dat de sirene klonk, zodat hij geen tijd had de klosjes
ter versteviging van de ribben te snijden en te beginnen met
schuren. Hij kon het zich echter niet veroorloven het eten

mis te lopen of te werken op een manier die de aandacht trok; misschien waren sommige medegevangenen al jaloers op die twee slokken bier die hij had gekregen! Om zichzelf te bemoedigen dacht hij aan zijn vrienden, aan Freund, aan Bronisław, die vast de hele dag knollen had staan snijden en pannen had moeten afwassen met zijn goddelijke handen die de snaren konden laten zingen en ooit over de hals zouden glijden van die in het concentratiekamp gebouwde viool. Hij moest denken aan de musicus, niet aan de commandant, die dat niet verdiende. Die gedachte maakte dat hij de soep lekkerder vond dan anders en dat hij heel kalm luisterde naar de grapjes over zijn opgemaakte gezicht – dat was waar ook, hij had er niet meer aan gedacht! Nou goed, 's avonds zou hij tijd hebben om de schmink eraf te wassen, want vandaag was het douchedag, nu moest hij zijn aandacht bij het eten houden. Zoals vaak op dat uur kwamen er herinneringen boven aan de gerechten die zijn moeder voor hem bereidde en hij realiseerde zich dat het beeld van zijn moeder langzaam maar zeker dat van Eva verdrong. Zijn moeder en zijn meisje, Regina. Hij dacht aan de geur die hij soms al rook als hij de trap op liep en die hem vertelde wat ze gingen eten: vermicellibouillon, dikke soep of pasta met gehakte noten, aan de mooi gedekte tafel, met de 'kaastafel' ernaast als er vlees op het menu stond. Dat alles was uiteraard vóór de dagen en maanden in het getto. En nu knollen en waterige knollensoep, en dat is het!

Hij voelde een hand – een vriendelijke, geen vijandige – op zijn rug: de professor, nu bakker, gaf hem stiekem een dikke snee brood die hij in de bakkerij achterover had weten te drukken. Het was gevaarlijk, als hij werd gesnapt kon hem dat op de dood of zweepslagen komen te staan, maar soms nam hij het risico en deelde hij volgens een rechtvaardig systeem om scheve ogen te voorkomen de sneeën brood uit aan zijn barakgenoten. Hij kon zich al niet meer herinneren wanneer hij voor het laatst aan de beurt was geweest! Die kleine complotten midden in de misère waren als vlammen die hem van binnen verwarmden. De professor had geluk dat hij in de bakkerij moest werken, maar hij verdiende het ook omdat hij aan zijn vrienden dacht.

Enigszins bemoedigd door de extra portie bruin brood sloot hij daarna aan in de rij om onder strenge bewaking naar de fabriek te worden gebracht, en allen zagen een vrachtwagen aankomen met een nieuwe lading ellende. Een medegevangene keek om maar een vuistslag deed hem trillen op zijn benen en hij liep snel door om herhaling te voorkomen. Laat hem in godsnaam in de rij blijven, dacht Daniel, want anders zullen ze hem doodschieten zoals ze laatst met Dénes hebben gedaan, zomaar, zonder reden.

Het leek of hij al een eeuw in het kamp zat, en toch herinnerde hij zich zijn aankomst nog als de dag van gisteren. De verbijstering, het *raus!*, het duwen en stompen, de vernederende rituelen. De urenlange formatie, naakt in de kou wachten op de gemene ceremonies van de perversiteit: het scheren, ruw uitgevoerd door gewone misdadigers – de gevreesde groene driehoeken – van gezichts- en overige lichaamsbeharing, de onuitwisbare tatoeage, het gemillimeterde haar, het besproeien met desinfecterend middel alsof ze planten waren, de weerzin de douches binnen te gaan uit vrees dat er dodelijk gas uit kwam in plaats van water, ijskoud maar onschuldig, als het niet te lang duurde – soms deden ze dat voor de grap, hen er pas uit laten als ze allemaal stonden te bibberen van de kou. De klappen als ze niet meteen de bevelen verstonden, als ze te langzaam liepen, het gegil, het gehuil van wie nog vrouw of kinderen hadden die uit hun armen waren gerukt. De uitdagende blik van die ene zigeuner die snel van rij veranderde en naast zijn oude vader en zoontje ging lopen.

Hij hoorde opnieuw, terwijl hij flink doorliep – hij wilde niet ook klappen krijgen – de beledigingen waarmee hij zoals alle nieuwkomers onthaald werd toen hij uit de propvolle vrachtwagen sprong; de vriendelijkste was het telkens herhaalde *blede hunde*, stomme hond! Net als de eerste dag dacht hij dat er geen antwoord was op zoveel lijden, op de eindeloze Jom Kipoerdag – vasten en boetedoening – die met zoveel razernij over hen allen heen gekomen was.

Al uren dacht hij vooral aan zijn viool en al dagenlang peinsde hij over de mogelijkheden van overleving. Op de dag van de 'voorjaarsschoonmaak' was hij te zeer bezig geweest met de vraag wat voor gevolgen het voor hem zou hebben om begaan te zijn met de veroordeelden. Maar nu, opeens, terwijl hij hoorde hoe in de verte tegen de nieuwkomers werd geschreeuwd, verwonderde hij zich er in alle eenvoud over dat zijn hart nog niet dood was, dat er, als een sprietje gras op goede grond – en niet op onvruchtbaar land – een oprecht gevoel van mededogen jegens andere mensen in hem opwelde. Ondanks de glimlach onder dwang die ochtend en de hoon, ondanks de maanden van koude en honger, de blauwe plekken van de klappen die hij had moeten verduren, de bedreigingen, ondanks de moeite die hij had gedaan zich over niets meer te verbazen, niet te gillen wanneer ze hem sloegen, niet te lang na te denken over alle dingen die niets te maken hadden met zijn dagelijkse werkelijkheid, ondanks dat alles had hij nog gevoel in zijn hart. Hij las iets soortgelijks in de ogen van de jongen, een politieke gevangene, die naast hem liep – hij was het die zonet een harde vuistslag in zijn gezicht had gekregen –

en zwijgend drukte hij hem de hand om met hem de stille, schuchtere trots te delen dat het niet gelukt was *Untermenschen* van hen te maken. De *Untermenschen*, dat waren zij.

En hij had nog de moed hem te troosten nu de bewaker een stuk verderop liep: 'Deed het erg pijn?' 'Ik kan er wel tegen.' Hij dacht dat hij de jongen te zeer aan zijn lot had overgelaten en legde zijn hand op zijn schouder. De jongen – in het *lager* kwam men alles over elkaar te weten – was totaal geïsoleerd, hij mocht geen pakketjes van familieleden ontvangen en geen contact met hen onderhouden, hoewel hij geen Jood of zigeuner was: ze hadden hem ingedeeld bij degenen die onderworpen waren aan een extra straf, die de Zwijnen – het was een publiek geheim – het 'nacht-en-neveldecreet' noemden, een naam die aangaf hoe pervers hun fantasie was, mooie woorden voor een gemene methode waardoor de gevangene in kwestie in de meest absolute ongewisheid verkeerde. Zelfs de ouders van de jongen hadden geen idee waar hij was ...

Was er dan niemand meer met een geweten, al stelde dat nog zo weinig voor? Nee, waarschijnlijk niet, want ze wilden niet de goedkope arbeidskrachten kwijtraken die vette winsten opleverden. Hoe dan ook, in die afgelegen fabriek van de machtige firma IG Farben werd via de luidsprekers omgeroepen dat elke ploeg een kwartier schaft had, en ze kregen een klein bedrag om in de kantine eten te kopen. In de fabriekshal ontstond rumoer alsof er een woeste zee binnen gekolkt was, een dof geraas dat slechts met moeite onderdrukt kon worden door de schreeuwende bewakers.

*'Schweigt! Still!'*

De machines legden ten slotte met hun lawaai de monden het zwijgen op; de jonge kameraad van Daniel huilde boven de onderdelen. Toen het hun beurt was om naar de kantine te gaan was er nog maar weinig keus en de jongen en de luthier – die elke wet behalve die van de honger was vergeten – aten een worstje en dronken gulzig, als twee kinderen aan de borst, een glas melk, en toen het glas leeg was likten ze hun lippen af, zo'n dorst hadden ze. De laatste druppel doorslikkend bedacht Daniel dat hij elk soort voedsel tot de laatste gram moest benutten als hij de kracht wilde hebben om de viool af te maken.

# VII

ER WAS EEN TIJD, JAHWE,
DAT MIJN NACHT NIET BEDRUKT WAS
EN IK NIET ONVERWACHT ELK VREEMD PAD
OP WERD GESLEEPT.

Josep Carner, *Nabí*

DE VIOLIST BEGON solo met het trage, ritmische thema van de melodie; de strijkstok bewoog gedecideerd, even later voegde zich de cello erbij in een eenvoudige begeleiding. Hij had er lang over nagedacht en ten slotte was de keus gevallen op *La Follia*, thema met variaties, van Arcangelo Corelli in de bewerking van Hubert Léonard, een stuk dat hij uit zijn hoofd kende; de continuopartij, die normaal werd gespeeld door piano of klavecimbel, had hij omgewerkt voor cello. Ze voelden elkaar aan, hij had er goed aan gedaan een werk te kiezen waarin gebruik werd gemaakt van alle tonen van de viool, met glans maar zonder riskante acrobatieën. Al gauw danste en buitelde de melodie, het korte fragment met dubbelgrepen, de trillers liepen soepel en elegant in elkaar over totdat het thema weer terugkeerde, en wel zo fraai dat de toehoorders muisstil waren.

De begeleiding hield op, de viool moest helemaal alleen het stuk tot een einde brengen, zacht en toch rijk aan klank. De musicus had zijn ogen dicht, en dat bleven ze tot de laatste trilling was weggestorven. Nu, dacht hij in een flits, zal het applaus losbarsten dat hem vanaf zijn eerste concert, op zijn twaalfde, altijd had vergezeld. Inmiddels was hij zesentwintig.

Hij deed zijn ogen open, keerde terug tot zichzelf en zijn situatie, en het verbaasde hem nog dat hij applaus hoorde, hoe weinig ook. De commandant zelf klapte een paar keer in zijn handen, en beide musici bogen voor het Zwijn.

'Jullie hebben goed gespeeld en de klank van de viool is correct.'

Daniel haalde opgelucht adem. Zijn opluchting was des te groter omdat hij wist dat de viool eigenlijk nog langer had moeten drogen. De commandant keek Rascher met een spottende grijns aan.

'Jullie tweeën en de luthier' – hij zei deze keer niet 'het timmermannetje' – 'gaan voorlopig niet naar de steengroeve.'

Hij wendde zich tot de vijf, zes genodigden.

'Dames en heren, ze hebben een beloning verdiend.'

Hij draaide zich om naar zijn adjudant, die hem een muntstuk aanreikte. Nu zal hij me dat geven, dacht Bronisław, maar dat was niet zo. De cellist had de koffer van zijn instrument open laten staan en daar gooide de commandant het geld in, alsof hij iets gaf aan een straatmuzikant; de genodigden, onder wie een meisje in ss-uniform, volgden zijn voorbeeld, en de cellist bukte om snel de munten met het gehate gezicht te pakken – het was duidelijk dat hij dacht aan het eten dat hij er misschien voor zou kunnen krijgen. Maar híj niet, vandaag zou hij niet bukken – of ze moesten hem dwingen. Nu niet, nadat hij met heel zijn ziel en zaligheid had gespeeld voor Daniels leven, nadat hij had gespeeld zoals Corelli zelf zou hebben gedaan, dacht hij met een waas van woede voor zijn ogen, nu zal ik niet bukken – en hij klemde het prachtige instrument tegen zich aan. Even ben ik een prins.

'Wat doe je? Geef hier die viool!'

Wat had hij hem stevig vast! Met spijt, met gloeiende wangen, met woede dat als vuur in hem laaide overhandigde hij de viool en de strijkstok aan het Zwijn, die het instrument trots aan de anderen liet zien alsof híj hem gebouwd had. Een van de genodigden had niets in de koffer gegooid en keek vol bewondering naar de violist; deze kende dat gezicht en het viel hem op dat de man een Wehrmacht- en geen ss-uniform droeg, het moest een bekende musicus zijn die nu gemobiliseerd was. Hij liep naar de violist toe en drukte hem duidelijk zichtbaar een groot bankbiljet in handen.

'Wegwezen nu! *Raus!*' schreeuwde Sauckel, zich omdraaiend.

Het was duidelijk dat hij zich zo snel mogelijk wilde wijden aan het eten dat onder glimmende deksels op de met bloemen en witte servetten versierde tafel stond, alsof het kamp, de oorlog, niet bestond te midden van het rood van de flessen wijn en de glazen voor de gekoelde champagne die vast geserveerd zou worden. Zijn kameraad met zijn instrument en hij, beroofd van de viool, hadden het vertrek verlaten en moesten hun concertkleding uittrekken, zoals altijd bevolen was. Bronisław zei tegen de cellist: 'We verdelen het geld onder ons drieën.' En hij vouwde het biljet open om te zien hoeveel het was. Er zat een piepklein stukje papier in gevouwen. Met de ongelooflijke, verblindende woorden, alsof ze met goud gegraveerd waren, die hij voor zijn kameraad en ieder ander verborg door het papiertje in zijn mond te stoppen en door te slikken: *Ik haal je hieruit.*

......... .........

De viool eindigde met twee laatste streken, zuiver, gedecideerd en zacht tegelijk. Hij had het stuk al heel lang niet meer gespeeld tijdens een concert, maar vanaf het begin klonk de melodie zeker, gevoelig, zonder een enkele aarzeling, loepzuiver – hij was de eerste die het merkte.

Hij had zijn ogen dicht bij de laatste maten, hij hoefde niets te zien om het stuk foutloos uit te kunnen spelen. Hij wachtte even in de korte stilte die volgde op de slotnoot. Zijn gedachten dwaalden van de muziek naar de situatie en hij vroeg zich af of de commandant tevreden zou zijn, of hij zijn leven en dat van Daniel had gered. Een luid applaus bevrijdde hem van die kwellende waan. Lieve hemel, wat was hem overkomen? Naast hem stond de pianist, niet de cellist, beiden bogen voor het publiek op het podium, dat uitbundig versierd was met een rand bloemen. Het applaus bleef maar duren, de mensen gingen staan: zijn metgezel gebaarde dat hij, Bronisław, alleen naar voren moest gaan om te buigen. Een schattig meisje gaf hun ieder een felrode roos en bedankte de musici op gracieuze wijze, vervolgens kreeg hij ook nog een orchidee. Alles kwam hem voor als een droom hoewel het leek of hij de situatie volledig in de hand had – hij glimlachte, deed alles wat men van een virtuoos verwachtte, hij zette op verzoek van een paar bewonderaars zijn handtekening op hun concertprogramma, hij deed het smörgåsbord eer aan dat werd geserveerd voordat hij terug kon keren naar de rust van zijn huis. Hij wilde echter niet meteen naar bed gaan, omdat hij zeker wist dat de boze droom hem zou komen bezoeken.

'Ik blijf nog even lezen', zei hij tegen Ingrid, die meteen begreep wat er aan de hand was.

De verwarming zorgde voor een aangename temperatuur in huis, toch had Ingrid de open haard aangestoken en hij ging bij het vuur zitten, zoals hij prettig vond, schonk een glas koele, soepele witte wijn in; hij deed even zijn ogen dicht en bladerde vervolgens in het boek dat hij aan het lezen was; misschien zou het hem ook vandaag afleiden en zijn herinneringen op afstand houden. Maar die bleven zich hardnekkig opdringen. Het was zijn eigen schuld, hij had niet *La Follia* van Corelli moeten spelen. Jarenlang had hij het stuk niet willen vertolken en nu voerde het hem op levendige wijze, bijna als een hallucinatie, weer terug naar het *lager*. Echter, nu hij helemaal grijs was en rustig thuiszat, nadat er zoveel tijd in betrekkelijke vredigheid was verstreken, kon hij de herinneringen toelaten zonder te huiveren.

Wat was er geworden van zijn lotgenoten? Hij had bijna nooit willen praten over die tijd, en van velen kon hij zich niet eens meer herinneren hoe ze eruit zagen, maar Daniel, die buitengewone luthier, zag hij nog alsof hij in levenden lijve voor hem stond, alsof de gloed van de vlammen zijn gelaatstrekken bescheen, ogen die de honger niet had kunnen uitdoven, die alle gemoedstoestanden weerspiegelden: moed, angst, woede, wanhoop toen hij hoorde dat ze de inzet waren van een weddenschap om een kist Franse wijn. Ook zag hij de handen voor zich, slanke handen, met kloofjes, uiterst vaardig, met de weerzinwekkende, onuitwisbare tatoeage die ook hij droeg. De handen die naar hem zwaaiden toen de gelukkige musicus het *lager* verliet samen met een oude man en acht zieke vrouwen: het aandeel van het Dreiflüsselager op de boodschappenlijst; ja, ze waren door graaf Bernadotte vrij gekregen in ruil voor vrachtwagens. Hij dacht altijd dat het te danken was aan de officier van de Wehrmacht die hem dat briefje in handen had gestopt, dat hij op de lijst stond. Mijn god, wat een barre tocht ... eindeloos, overal verwoeste akkers, de vurige hoop. Een soort wilde vreugde en tegelijk spijt, een gevoel van schuldeloze schuld vanwege al diegenen die in handen van de Zwijnen waren gebleven, zoals zijn kameraden van het trio ... maar vooral Daniel.

Het was duidelijk dat het hem vandaag niet lukte zich te concentreren op wat hij las. Hij zette zachtjes muziek op maar ook daar kon hij zijn aandacht niet bij houden. Morgen zou hij zich kunnen ontspannen, 's avonds zouden ze naar hun houten huis gaan, aan de rand van het meer dat omgeven was door berken en waarin eenden en zwanen ronddreven. Hij had Zweden, het land dat hen opnam, nooit meer willen verlaten. Nooit meer. Hij had aan zijn kampverleden een fobie overgehouden, een gevoel van onveiligheid dat alleen tot uiting kwam in de vorm van een irrationele angst voor reizen naar het buitenland. Hij zag al heel snel af van tournees, die hem nachtmerries bezorgden, uitgezonderd een enkel concert in de buurlanden waar hij zich ook op zijn gemak voelde, in Denemarken, Noorwegen, het vaderland van Sibelius, en zodra zijn papieren in orde waren en hij de Zweedse nationaliteit had, zei hij ja op het verzoek om docent te worden aan het conservatorium. Zijn zeldzame concerten waren befaamd, en later kwamen violisten uit de hele wereld om zich bij hem verder te bekwamen in vingerzetting en de klassieke cadenstechniek.

Nee, besloot hij, hij zou niet meer *La Follia* spelen. Daarmee had hij voor de gehate tiran de viool ingewijd die onder zulke barre omstandigheden door zijn vriend was gebouwd, en hij had het stuk gespeeld met heel zijn ziel en zaligheid. Het leek nog maar zo kortgeleden! Beiden konden de gedachte niet verdragen dat het prachtige instrument in handen zou komen van de commandant, ze maakten zelfs de meest onmogelijke plannen om hem te vervangen door een andere. De dag na het optreden wist hij niet hoe hij Daniel opnieuw moest geruststellen, hoe hij zijn angst tot bedaren moest brengen omdat hun slechts was gezegd dat ze alle twee 'voorlopig' het werk konden blijven doen dat ze nu deden.

Hij had uit de gehate mond geen woord gehoord over wat er met de luthier zou gaan gebeuren. Was de viool afgekomen binnen de afgesproken termijn? Ze dachten van wel maar wisten het niet zeker, en die onzekerheid was een kwelling voor zijn kameraad. Twee of drie dagen na het huisconcert vertelde de luthier hem 's avonds dat Sauckel hem die middag uit de timmerwerkplaats had laten halen; hij vertelde uitvoerig hoe hij naar hem toe was gebracht en hoe – opmerkelijk feit – de commandant hem had gecomplimenteerd met het prachtige resultaat van zijn werk; hoe hij, terwijl hij recht voor hem stond en zijn hart wild tekeerging, hopend te zullen horen dat hij uit de handen van Rascher was bevrijd, hoorde dat het Zwijn eraan toevoegde: 'Ik heb besloten je een beloning te geven hoewel je eigenlijk niets anders hebt gedaan dan je plicht als arbeider.'

'Dank u wel, meneer.' Het kostte hem de grootste moeite die vier woorden uit te spreken. Maar wat volgde was niet wat hij had verwacht. Sauckel wendde zich tot zijn adjudant: 'Breng hem naar de keuken en geef hem een bord eten. Snel, de fabriek wacht niet.'

De teleurstelling was zo groot dat die hem bijna zijn honger ontnam, maar toen hij in de keuken was, verzwolg hij het stoofvlees dat de kokkin van de commandant voor hem had neergezet. De hele middag dat hij had gewerkt, zei hij tegen Bronisław, kon hij maar niet de gedachte van zich af zetten dat het Zwijn met hem speelde, want hij vermoedde vast de waarheid: dat de musicus de weddenschap had begrepen en dat zij het er natuurlijk over hadden gehad en in spanning op de afloop wachtten. Al snel zou de violist iets meer weten.

De dag na het bord eten kwam een kapo de werkplaats binnen om twee timmermannen te halen, Daniel en een nog jongere man.

'Meekomen.'

Ze legden hun gereedschap neer, liepen achter de kapo

aan maar konden hem haast niet bijhouden, zo soepel als hij liep op zijn goede schoenen – hij wel verdomme.

'*Schnell, schnell!*'

Hij keek achterom, trok hen mee.

'Vooruit luilakken! Er wordt op ons gewacht in het huis van de Sturmbannführer. Er moet een vrachtwagen uitgeladen worden.'

Goed, dacht de luthier, hij heeft spijt van het compliment aan mij en van het bord vlees en nu degradeert hij me tot losser om me duidelijk te maken dat de viool me geen enkel privilege geeft; het was niet de eerste keer dat hij te maken kreeg met dit soort bevelen en zijn werk moest onderbreken. Het verraste hen toen ze voor de trap van zijn huis, dat lager lag dan de kas, waar nu alles in bloei stond, Sauckel zagen staan met naast zich de hond alsof hij daar stond om toezicht te houden bij het lossen; al gauw begrepen ze het: er waren nieuwe planten aangekomen. Ze begaven zich naar de vrachtwagen en zoals hem opgedragen werd begon Daniel, de een na de ander, drie grote potten met rozen uit te laden die zo zwaar waren dat hij bijna door zijn knieën ging; hij was niet gewend aan dit soort werk en raakte al snel erg vermoeid. Bij de derde keer dat hij op zijn houten klompen met zo'n zware pot de trap op liep wankelde hij, en toen hij weer naar beneden liep werd hij duizelig en bleef hij even staan om uit te hijgen. De adjudant gaf hem met zijn stok een, niet al te harde, tik op zijn billen.

'*Gut*, Markus.'

Het monster grijnsde goedkeurend.

'Laat ze maar werken, want ze zijn nog niet klaar.'

Daniel verzamelde de weinige krachten die hem nog restten en begon de grote kist die achter de potten had gestaan naar de rand van de laadbak te sjorren terwijl zijn collega de laatste plant naar boven bracht. Maar opeens hield hij op en liet het gevaarte los. Zijn ogen lazen de grote rode letters en zijn oren hoorden het gerinkel van flessen. Het was EEN KIST BOURGOGNE. Een dik waas trok voor zijn ogen en hij viel languit op de vloer.

......... .........

'We hebben van ze gewonnen!'

'Jij, jij alleen hebt gewonnen.'

Ze zagen elkaar pas 's avonds; en nu, zittend op een soort stenen bank omhelsden ze elkaar, lachend en huilend tegelijk zonder zich ervoor te schamen. Nee, dacht Bronisław, niet het Zwijn had de weddenschap gewonnen maar Daniel, en de prijs die hij daarvoor had moeten betalen was, vreesde hij, toen hij naar diens gezicht keek, totale uitputting. De overige details, waar de violist met vriendelijke aandacht en met zijn hand op de broze schouder van zijn vriend naar luisterde, waren welbeschouwd van geen enkel belang meer. Hoe hij weer bij bewustzijn was gebracht, nog misselijk, slap, met een glas koud water dat in zijn gezicht was gegooid, hoe hij liggend op de grond de commandant en zijn adjudant hoorde lachen, hoe ze de andere timmerman toen hij klaar was met lossen, ten slotte toestonden hem naar de ziekenboeg te brengen om de hevig bloedende snee in zijn voorhoofd te laten verzorgen. Hij moest zich vasthouden aan de arm van zijn kameraad.

'Ja, breng hem maar naar de dokter, zodat die slapjanus vanmiddag gewoon weer kan werken.'

Maar de spottende woorden konden hem nu niets meer schelen. Hij had gewonnen, hij had zijn viool, zijn Daniel

Cracoviensi, afgekregen binnen de gestelde termijn. Sinds Rascher er niet meer was, ging het beter in de ziekenbarak, er waren orders om de 'behandelbare' gevangenen te verzorgen. De Joodse arts, die werkte onder bevel van de Duitse kamparts, deed alles wat hij voor zijn lotgenoten kon doen. Terwijl hij de wond schoonmaakte en verbond, fluisterde Daniel hem toe: 'Ik heb gewonnen! Ik hoef nu niet meer de cyaankali te nemen die je me hebt gegeven.'

Want hij was de enige met wie hij het geheim deelde, die zwijgzame en meelevende arts die hem – op de dag dat hij zijn instrument af had – de capsule had gegeven toen hij naar hem toe ging vanwege een snee in de rug van zijn hand, die hij zichzelf had toegebracht om toestemming te krijgen naar de ziekenbarak te mogen. En nu drukte hij hem de hand en stopte hij hem stiekem een doosje met vitaminen toe, 'die heb je meer dan nodig'.

Hij hoefde dus niet de gifcapsule in te nemen. En ze zouden hem niet naar een plek sturen die nog erger was dan het graf, de ijzige kou van die paar vervloekte ogen die gluurden naar het zieltogen van een stervend mens.

......... .........

'Het moet erom hebben gespannen of hij binnen de gestelde termijn klaar zou zijn', zei de musicus ten slotte. 'Daarom hoefde ik een paar ochtenden niet naar de keuken en stuurden ze me naar de werkplaats om jou te helpen.'

Niet dat de luthier veel aan hem had, behalve dat hij hem het gereedschap aangaf en hem hielp bij het uitproberen van de lak en aloë tot poeder stampte in de vijzel, maar Daniel verzekerde hem dat alleen al zijn aanwezigheid een grote steun was. Ze hadden geen tijd om te praten in de timmerwerkplaats, of het moest gaan over dingen die de viool betroffen. De vioolbouwer deed zelf uiteraard het meeste werk, de musicus deed dienst als zijn leerling: hij zette het fijne penseel in de pot met alcohol, maakte hem elke keer wanneer het hem gevraagd werd schoon en verwarmde water om lijmresten te verwijderen.

Hij herinnerde zich dat hij alleen Daniels keus had goedgekeurd toen deze een besluit moest nemen over de lak, en hoe voorzichtig hij de ingrediënten mengde, het afwegen op de grammenweegschaal had hij niet aan hem willen toevertrouwen: de aloë, het sandrak, de Venetiaanse terpentijn, gekleurde essence; het mengsel, bereid op heel laag vuur, had hij hem heel langzaam op de fijne doek die hij als filter gebruikte laten gieten. En hoeveel keer hadden ze niet eerst een proefmengsel gemaakt terwijl Daniel tegelijkertijd bezig was met het afwerken van de verschillende onderdelen van het instrument! Stille getuigen daarvan waren de stroken dennen en Italiaanse esdoorn die ze, als ze eenmaal droog waren, heel secuur bekeken en testten door er met hun nagel over te krassen totdat de vioolbouwer, die hiermee meer ervaring had dan hij, hen in staat stelde met zekerheid te bepalen welke lak het meest geschikt was, ook al waren de verschillen tussen de mengsels – waarvan Bronisław de exacte samenstelling overigens niet kende – miniem. Op het laatst had hij geholpen met het opspannen van de snaren en had hij de stemming getest.

Hij keek naar zijn vriend en vond hem er nog vermoeider uitzien dan anders toen de euforie eenmaal was weggeëbd – niet opgeven nu, dacht hij. Het was tijd om naar bed te gaan: de kringen onder zijn ogen, zijn extreme bleekheid, spraken boekdelen. Hij zou proberen of hij uit de keuken een kliekje voor hem mee kon smokkelen, al zou het niet meevallen, want er werd streng gecontroleerd. Hoe dan ook, ze zeiden met een tevreden gevoel welterusten, en hij hoopte dat de jongen, bevrijd nu van de angst of de viool op tijd af zou komen en of hij uit de ijzige klauwen van Rascher zou kunnen blijven, de hele nacht aan één stuk door zou slapen. Het mistte niet en er fonkelde een kleine ster.

# VIII

ZOVEEL BLADEREN ALS IN BOSSEN
DOOR DE EERSTE HERFSTKOU NEERDWARRELEN

Vergilius, *Aeneis*, VI-309

De vlammen waren gedoofd en er lag alleen nog as, daar hield hij niet van – as van de doden. Hij woelde het om met de pook en een wolk van kleine vonkjes steeg op. Vervolgens schonk hij – Ingrid sliep al – zichzelf een glas koele rijnwijn in. Alles was perfect verlopen, het diner te zijner ere, de gouden penning van de stad. Hij had sommige mensen gemist, een zieke collega, een ander die niet was gekomen uit jaloezie, vermoedde hij. Bloemen, toosten, penningen ... alles as, behalve de muziek.

Het was een grote verrassing geweest. Ingrid en zijn vrienden hadden alles achter zijn rug om georganiseerd, en het eerbetoon had hem diep geraakt. Hij wilde er nog even rustig over mijmeren voordat hij naar bed ging, hij zou de volgende dag toch kunnen uitslapen in de stilte van hun huis, met slechts nu en dan de kreet van een vogel en het zacht klotsende water van het meer, als een viool met sordino.

Ingrid was na het banket heel snel weggegaan.

'Mijn dochter brengt je wel thuis, ik ga alvast om het huis warm te stoken.'

Hij werd omringd door een paar vrienden, de directeur van de opera, totdat hij aan het eind van de middag moe was en ze hem lieten gaan. Maar de autorit naar huis, met zijn ogen dicht, had hem weer verkwikt.

Toen hij ze opendeed, spiegelde het water het huis, waarin alle lichten brandden, en bij het naar binnen gaan werd hij onthaald op applaus door een groepje musici. Het was een beroemd trio, Gerda, Virgili en Climent; hij herinnerde zich dat die laatste toen hij nog heel jong was, had deelgenomen aan een van zijn cursussen cadenza en improvisatie. Ook de directrice van het conservatorium was er, en een vrouw met lichte ogen die hij niet kende maar die hem vaag aan iemand deed denken. Ze lieten hem geen keus, hij moest gaan zitten bij de haard, dicht bij Ingrid en Climent; zij legde een vinger op haar lippen.

En ze begon. Hij herinnerde zich alles, noot voor noot, hij zou het meteen helemaal kunnen zingen. Er waren tegenwoordig nog maar weinig componisten die een viool lieten zingen, was de vorige nacht door hem heen gegaan, ze vergaten de melodie en die oude camaraderie tussen musici en luthiers. Maar zij drieën zongen wel, lieve hemel, het eerste deel was door de verrassing voorbij voordat hij er erg in had, maar toen de viool, solo nu, het tweede deel inzette vroeg hij zich af, terwijl hij elke noot hoorde en onbewust even vasthield, waar hij die klanken eerder had gehoord … Nee, het stuk was nieuw, een werk van Climent dat nog niet eerder was uitgevoerd. Plotseling, als een flits, wist hij het: die onbekende vrouw speelde op de viool van Daniel, de viool uit het *lager*. Hij wist het zeker, het was niet nodig dat iemand het hem vertelde.

Het meisje – voor hem waren alle vrouwen onder de zeventig meisjes – kwam na de prachtige uitvoering van *Trio van Mytilene* naar hem toe.

'Kijkt u eens naar mijn viool, u hebt hem zeker al herkend, hè? Ik ben Regina, de dochter van Daniel.'

Regina kuste de viool, drukte hem daarna in zijn handen en kuste de man op het voorhoofd – het is alsof ik je al heel lang ken. Hij liet zijn blik over het instrument gaan, bevoelde het, natuurlijk was het de viool van zijn vriend, die nu zong in de handen van zijn dochter. Hij fronste zijn voorhoofd.

'Dochter? Hij had het weleens over een nichtje.'

De andere vrienden lieten hen alleen en hij zag dat Ingrid hen meenam naar haar studeerkamer. Ik heb alles willen vergeten, zei hij tegen Regina, maar dat kon ik niet, en hij vuurde de vraag af die hem zo vaak had gekweld: 'Heeft Daniel het overleefd?'

Beiden spraken zonder het zich bewust te zijn in het Pools, en niet in het Jiddisch, dat de vrouw nooit had geleerd. De luthier had het kamp overleefd, vertelde Regina hem op zachte toon, maar hij was vrij jong overleden, toen zij zeventien was. En ze was echt zijn dochter want toen ze uit het ziekenhuis ontslagen werd, hadden hij en Eva haar officieel geadopteerd. Toen begon ze al viool te spelen, voegde ze eraan toe, want een verwant die musicus was, Rudi, gaf haar vanaf haar vijfde les.

Hij was blij dat hij de dochter van Daniel had leren kennen, nu hij op leeftijd was. Zij had nooit het land uit gekund en hij had nooit meer terug naar Polen willen gaan … Hij had alle banden – de weinige die er na de uitroeiing nog waren – doorgesneden. 'Ik begrijp het', zei het 'meisje' toen hij het haar uitlegde, 'Eva wilde er ook nooit over praten, over die tijd, ze deed duizend-en-een dingen, dronk iets te veel, ze heeft er nooit iets over gezegd. Ik hoorde van vader toen ik twaalf was, dat ze in Auschwitz op een onmenselijke manier gesteriliseerd was, ze had nog vaak pijn in haar buik. De luthier daarentegen had Regina er onvermoeibaar over verteld, misschien omdat hij een dierbare herinnering koesterde, een lichtpuntje in zoveel ellende: het was hem gelukt een viool te bouwen.

Door de stem van Regina deden de schaduwen van vroeger hem geen pijn meer. De artsen, had Daniel haar verteld, begrepen niet hoe hij het had gered, toen ze hem na de bevrijding uit het *lager* naar het ziekenhuis brachten. Hij bleef er maanden, alsof hij aarzelde tussen leven en sterven, talmend op een kruising van twee wegen. De andere musici van het trio met wie Bronisław had gespeeld waren de eerste winter na het vertrek van het 'Zweedse transport' gestorven. En op een dag had hij opeens een beslissing genomen, was hij het pad van het leven ingeslagen. Hij had Regina uitgebreid verteld over het bezoek van zijn vroegere makker, de monteur, en het was alsof zij erbij was geweest.

'Hij kwam naar het ziekenhuis, ging aan het bed van vader zitten en liet hem triomfantelijk de viool zien: "Hij is nu van jou", zei hij, "ik heb hem voor jou gekocht".'

Het was geen toeval of louche zaakje. Freund was zo snel mogelijk naar de Verenigde Staten geëmigreerd en had het instrument daar gekocht toen de bezittingen van de ex-commandant werden geveild, kort nadat het Zwijn was berecht en opgehangen – Rascher, de beul, had vlak voordat hij ter dood zou worden gebracht zelfmoord gepleegd. Die viool, en geen andere – hij hoefde de letters niet te lezen om het te weten – had Daniel tot in de details in zijn hoofd, net als op de dag dat hij te midden van angst en ellende was begonnen het materiaal uit te kiezen. Hij was uitgehongerd, werd soms bont en blauw geslagen, werd verteerd door woede en verdriet, en toch, zo had hij zijn dochter verzekerd, had hij diep in zijn hart altijd de hoop gehad dat zijn instrument niet zou eindigen in de handen van de Beul. Dat iemand hem op een dag, die steeds minder ver weg was, af zou pakken en de viool zou blijven leven hoewel híj, Daniel, vermoord zou worden. 'Weet je,' zei hij tegen Regina, 'toen Freund me de viool bracht, hoorde ik opnieuw de vraag: "Beroep?" "Vioolbouwer".'

.......... ..........

Er sprongen geen vonken meer uit de as, maar er kwam nog wel een beetje warmte vanaf. Wie weet of ze elkaar nog eens zouden zien. Na de tournee door Nederland zou ze naar haar land terugkeren. Maar deze gezegende vrouw heeft me Daniel, en misschien mijn gemoedsrust, terugbezorgd. Het was altijd pijn blijven doen dat hij, onmachtig hem te helpen, zijn vriend in het *lager* had moeten achterlaten ... de hand die hem vaarwel zei, een vlam die brandde in zijn borst.

Morgen zou hij de vioolpartij van het *Trio van Mytilene* voor zijn rekening nemen, Climent had hem de partituur gegeven, maar als hij wilde zou hij het stuk nu zo uit zijn hoofd kunnen spelen. Deze nacht zou de nachtmerrie die hem af en toe weer naar het Dreiflüsselager voerde hem niet bezoeken. Nee, het was niet waar – toch, Daniel? – dat muziek beesten kan temmen. Maar alles is fictie tenslotte.

*Alt Empordà, februari 1993*